나는 글쓰기로 설렌다.

공저 조인애 · 지윤서 · 한지혜 · 홍연진 · 황달도

Contents

우리 모두는 자기 삶의 저자입니다

누군가 제게 지금까지 살면서 제일 잘한 일이 뭔지 묻는다면 저는 한 단어로 답하겠습니다. 책 쓰기. 책 쓰기는 제게 새로운 길을 선사했고, 덕분에 '내게도 이런 일이 일어날까?' 한 번도 생각하지 못했던 멋진 일들이 펼쳐졌습니다. 책 집필을 통해 삶을 바꿀 수 있음을 체험하면서 다른 사람의 성장을 돕는 책 쓰기 교육을 시작했습니다. 이 또한 책 출간이 선사한 선물입니다.

오래전 처음 책 쓰기 교육을 준비하면서 한 가지 목표를 마음에 새겼습니다. 바로 좋은 책을 쓰도록 돕는다는 것입니다. 좋은 책에 대한 절대적인 기준이 있는지는 모르겠지만, 제가 생각하는 좋은 책은 진정성을 담아 자신과 독자의 정신과 삶에 긍정적인 자극을 주는 것입니다. 좋은 책은 책과 저자가 따로 놀거나 분리되지 않습니다. 책을 쓰며 먼저 저자 스스로 성장해야 좋은 책을 쓸 수 있습니다. 책 작업과 삶이 서로에게 자양분을 제공하여 선순환을 그리며 함께 성장할 수 있도록 안내하는 게 제 역할입니다.

책 집필은 제가 알고 있는 최고의 공부법이자 자기 탐구 방법입니다.

한 권의 책을 쓴다는 건 본인의 화두 또는 절실한 문제를 풀기 위해 스스로 질문하고 성찰하고 답을 찾아가는 과정입니다. 그래서 책 쓰기는 성찰과 성장을 연결하는 다리와 같습니다. 글을 쓴다는 것은 스스로 자신과 삶의 안팎을 살펴보고 사유하고 정리하는 능동적 활동이기 때문에 이런 과정이 쌓이고 쌓여 임계점을 넘을 때 본질적 성장이 가능합니다. 이게 끝이 아닙니다. 성장은 성찰에 동기와 재료와 추진력을 더하여 더 깊은 성찰을 촉진하므로 그만큼 정신이 성숙하고 글쓰기도 넓어지고 정교해집니다. 이렇게 성찰과 책 쓰기와 성장은 선순환하며 상승효과를 일으킵니다.

저는 지금까지 아홉 권의 책을 출간했습니다. 책을 한 권 두 권 내면서 책을 쓰는 과정이 인생과 닮았음을 실감합니다. 하루하루가 모여 삶을 이루듯 한 장 한 장 글로 채워야 책이 됩니다. 모든 인생이 그 삶을 살아가는 사람을 닮을 수밖에 없듯이 모든 책에도 글쓴이의 마음과 언행이 투영됩니다. 요컨대 인생은 온전히 내가 한 단어, 한 문장, 한 페이지씩 써나가야 하는 책이며, 우리 각자는 자기 삶의 저자입니다. 때때로 스스로 묻곤 합니다.

"내 인생이 한 권의 책이고 내가 그 책의 저자라면 무엇을 어떻게 쓸 것인가?"

책을 한 권 한 권 완성하며 이 질문에 나름의 답을 하고 있다고 저는 믿습니다. 이렇게 삶은 책이 되고 책은 삶이 됩니다.

꼭 일기가 아니더라도 어떤 글을 쓴다는 건 그때의 나를 정교하게 기록해두는 일입니다. 이 기록에는 공부한 내용과 경험한 일과 가슴에 품어온 생각 등 다양한 것들이 담길 수 있는데, 그게 무엇이든 마음에 씨앗으로 뿌려지고 이내 나란 존재를 형성합니다. 특히 책을 쓴다는 건, 과거의 나에 관한 기록을 넘어 현재의 자신을 성찰하고 앞으로 만나고 싶은 나를 그려보는 길이기도 합니다. 책은 자기를 비추는 거울입니다. 유리 거울은 겉모습을 비춰주고, 책 거울은 존재를 비춰줍니다. 책 쓰기는 직접 거울을 만들어 나 자신을 갈고닦는 과정입니다. 성실히 글을 쓰고 한 권의 책으로 묶는 일이 자기를 재발견하고 자기다운 삶을 모색하는 훌륭한 방법인 이유가 여기에 있습니다.

이번에 인천광역시교육청에서 주최한 '내 인생의 첫 책쓰기' 연수는 매우 뜻깊은 교육입니다. 본 교육은 학부모를 대상으로 2개월 동안 총 8회에 걸쳐 진행했으며 회당 강의 시간은 150분에 달했습니다. 학습자들은 그저 강의만 듣는 게 아니라 매주 까다로운 과제를 붙들고 씨름했습니다. 여기에 더해 육아와 집안일까지 병행해야 했기에 더욱 만만치 않은 과정이었습니다.

그대가 손에 들고 있는 이 책은 이 모든 어려움을 극복해낸 결실입니다. 모두가 합심하여 이렇게 각자 앞으로 쓰고자 하는 책의 출간 기획서와 서문, 그리고 샘플 원고를 모아서 한 권의 책으로 펴낼 수 있게 되어 뜻깊습니다. 여기에 실은 기획서를 포함한 모든 내용은 우리 학습자 한 사람 한 사람이 치열하게 고민하고 정성껏 작성한 결과물입니다. 물론 아직 최종본은 아니어서 개선할 점이 남아있지만, 하루하루가 쌓여 삶이 되듯이 책 작업도 이렇게 하나씩 하나씩 만들어 나가는 여정입니다.

한 권의 책을 완성하는 일은 중장기 프로젝트입니다. 짧으면 수개월,

길게는 몇 년이 걸리기도 합니다. 책을 쓰는 방법은 다양하지만 변하지 않는 진실이 있습니다. 꾸준히 써야 한다는 겁니다. 교육은 이제 마무리하지만 우리는 책 작업을 계속해야 합니다. 이 책이 우리 학습자들이 출간 동기를 되새기고 집필을 지속하는 데 도움이 될 거라 믿습니다. 아울러 본 교육에 참여하지 않았지만 책을 쓰고자 하는 분들에게도 다양한 출간 기획서를 접할 수 있는 흔치 않은 기회를 제공함으로써 긍정적 자극과 아이디어를 제공할 수 있으리라 기대합니다.

두 달 넘게 강사가 교육에만 집중할 수 있도록 배려해주시고 교육 준비를 도맡아 해주신 인천광역시교육청의 조윤경 장학사님에게 감사한 마음 전합니다. 짧지 않은 교육 기간과 많은 과제에도 불구하고, 그리고 무엇보다 부족한 강사를 믿고 끝까지 함께 해주신 모든 학습자 분들에게 진심으로 감사드립니다.

마지막으로 이 책을 손에 든 모든 분들에게 말씀드리고 싶습니다.

그대의 '좋은 삶'을 닮은 '좋은 책'의 저자가 되어주세요.
그대의 첫 책을 기다리고 있을게요.

홍승완,
'내 인생의 첫 책쓰기' 연수 심화과정 강사 · 〈내 인생의 첫 책 쓰기〉 저자

2023년 9월

나는 글쓰기로 설렌다 출간 기획서

조 인 애

여자 어른이-동거인과 잘 살아보기

친구들과 떠는 육아 수다 : 니 동거인 내 동거인

도서 제목 및 부제 (가칭)

- 여자 어른이 : 동거인과 잘 살아보기
- 친구들과 떠는 육아 수다 : 니 동거인 내 동거인

저자 소개

조인애

대학에서 중어중국학을 전공하였다. 학사 졸업과 동시에 세무사 시험을 위해 고시원에서 생활 하며 고시 준비를 하였다. 3년여의 시간 동안 준비 하였으나 시험에 불합격 하여 취업을 하였다. 패션 브랜드 회사 재무팀에 입사 후 중국 법인 재무 관리자로 파견되어 5년여의 주재원 생활을 하였다. 본사 복귀 요청을 받았으나 퇴사를 하고 중국에 패션 관련 법인을 설립 하였다. 법인대표를 지내면서 회사 경영 전반의 경험을 쌓을 수 있었다. 결혼과 출산을 하며 원치 않게 경력이 단절되었다. 전업주부로 육아를 하며 겪은 에피소드를 엄마의 감정에 초점을 맞춰 책으로 출간 해보고 싶었다. 원고를 준비 하던 중 2023년 학부모 글바시(글로 삶을 바꾸는 시간 & 글로 세상을 바꾸는 시민) 연수를 만나게 되었다. [내 인생의 첫 책 쓰기] 수강 신청을 시작으로 작가의 첫발을 내디뎌 보려 한다.

주요 독자

오늘도 하루를 살아내는 엄마들,

- 독박육아 혹은 고립육아로 외로운 엄마
- 처음인 현실 육아의 불안함으로 자존감이 떨어져 있는 엄마
- 육아를 하는 친구를 만나 수다를 떨고 싶은 엄마

기획의 특징 및 차별

• 자녀가 아닌 엄마의 감정에 집중

✔ 시중 육아 서적이 엄마의 힘듦과 외로움을 다루기 보다 엄마의 의무만 강조되거나 읽고 나면 죄책감이 드는 내용이 주를 이루는 것에서 초점을 엄마의 감정에 집중함.

✔ 주 양육자인 엄마들의 심리적 부담감이 고립 육아와 독박 육아를 하며 어떻게 변화 되어가는지 살펴봄.

✔ 자녀가 성장함에 따라 변화되는 엄마의 감정을 이야기 함.

• 여자 어른이에서 엄마가 되기까지의 이야기

✔ 여자 어른이가 연애, 결혼, 임신, 출산을 경험하면서 어떻게 엄마가 되어 가는지 그 과정을 단계별로 이야기 함으로써 심리적 변화에 집중함.

✔ 여자 어른이가 엄마가 되어가며 잃어버린 것과 얻게 되는 것에 대해 성찰해보는 시간을 제공함.

✔ 여자 어른이가 엄마가 되기까지 받게 되는 주변인들의 도움을 이야기로 다룸.(Ex. 남편, 친정엄마, 시어머니, 친구 등)

• 동거인과의 동거 생활로 현실 육아를 표현하여 조금은 가볍게 그러나 공감은 크게

✔ 엄마와 자녀가 아닌 한 여자가 새로운 동거인과 동거를 시작하며 일어나는 에피소드로 무거운 현실 육아를 가볍게 풀어냄.

✔ 각 에피소드에서 엄마가 되어가는 과정을 통해 현실 육아를 하는 엄마들의 공감을 이끌어냄.

✔ 공감 속에 깨닫게 되는 동거를 하는 이유와 또, 이 동거가 삶에 어떤 의미를 부여하는지 현실 동거인들의 실제 인터뷰 내용을 담아냄.

Contents

Chapter 3 여자 어른이 엄마가 되어가다

3-1 동거인 방 빼는 날

3-2 천국에 들어가다

3-3 찐 동거생활의 시작

3-4 환상이 아닌 환장의 연속

3-5 악마를 보았다

그들의 동거인 3

Chapter 4 또 다른 동거인 등장

4-1 동거인의 밥줄 끊기

4-2 동거인의 낮잠과 영화 '하녀'

4-3 동거 확인서의 선명한 붉은 두줄

4-4 두 번째 동거인, 이번에 남자

4-5 두 동거인의 의기투합

그들의 동거인 4

그들의 동거인 5

맺으며

서문 및 샘플 원고: 다음 페이지에 첨부

Introduction

육아를 하는 친구들이 만나 떠는 수다

이 책은 시중 육아 서적들이 엄마의 힘듦과 외로움을 다루기 보다 아이의 성장과정에 맞춰 엄마가 해야 하는 의무들을 전문가에게 교과서 배우듯 배우는 내용들이 주를 이루는 것에서 초점을 엄마에게 맞춰보았다.

좋은 직장을 갖기 위해 무한 경쟁에 놓여있던 학창 시절을 보내고 나름 만족하는 직업을 갖고, 커리어를 쌓아가던 여자 어른이(어른+어린이)는 결혼을 하면서 삶이 바뀌어 간다. 그리고 임신, 출산, 육아를 하게 되면서 각자의 동거인을 만나 좌충우돌 동거생활을 이어간다. 모든 것이 처음이라 부족하지만 동거생활의 유지와 동거인과의 관계에 최선을 다하는 여자의 이야기를 해보려 한다.

내가 접해온 육아 서적들은 부모로 하여금 아이들을 제대로 양육하지 못했다는 마음이 들게 하는 내용이 많았다. 물론 아이의 성장 과정을 이해하고 지식이 필요한 부분에서는 큰 도움을 받았다. 하지만 육아를 하면서 엄마라 힘들었던 마음을 위로 받기는 어려웠다. 일반적으로 주 양육자인 엄마들의 육아에 대한 심리적 부담은 생각보다 크다.

그래서 아이를 모 TV프로그램에서 나오는 금쪽이가 되지 않도록 키워내기 위해 애를 쓴다. 고립육아 혹은 독박육아 아니면 워킹맘 이면서도 정작 본인의 감정은 뒤로 한 채 화를 내면 안되고, 기다려 주고, 이해해주라는 전문가들의 말을 듣는다. 그리고 아이와 많은 시간을 보내야 한다는 육아 서적의 내용을 실천해보기 위해 노력한다. 하지만 내가 경험해 본 현실 육아는 책에 나오는 내용처럼 쉽지 않았다.

이렇게 고군분투하는 엄마들에게 조금 더 노력해야 한다는 글들이 마음의 위로가 되기보다는 늘 부족한 엄마로 읽고 나면 죄책감이 앞서곤 했다.

소통이 없는 육아는 온전히 죄책감으로 돌아온다. 육아를 하다 보면 모든 것이 엄마 탓 같기 때문이다. 내가 좀 미리 알았더라면, 좀더 잘 했더라면, 그때 이렇게 했더라면……

나의 동거인과 힘들게 동거생활을 이어나가는 중에 우연히 나의 이야기를 대신 이라도 해주는 것 같은 일러스트를 보게 되었다.

바로 파울라 쿠카(Paula Kuka)의 "WHAT I DID, WHAT YOU SAW" 였다.

위에서 이야기한 일러스트는 호주의 유명 만화가 마이클 루닉(Michael Leunig)의 카툰에 대한 파울라의 생각이었다.

파울라는 '내가 한 일', '당신이 본 것'을 함께 그림으로써 어떤 글보다 공감이 가게 '엄마의 실제 하루'를 표현했다.

파울라 역시 1982년 출생이며 자녀가 둘 있다는 것이 나와 같아 그녀의 일러스트는 왠지 친구 같은 친근함이 느껴졌다. 마치 육아를 하는 친구들이 만나 떠는 수다 같은. 그래서 그런지 내가 육아를 하는 동안 접했던 어떤 육아서 보다 일러스트 하나하나가 위로가 되어주었다. 난 일러스트를 보며 울기도, 너무 내 이야기 같아 웃기도 하였다.

그래서 파울라의 일러스트 같은 글을 써보고 싶었다.

요즘 육아 예능 프로그램이나 SNS상에 보여지는 엄마의 모습은 살림도 완벽하게 하면서 자신의 일은 프로급으로 해낸다. 그리고 훌륭하게 육아를 하여 아이들을 명문대에 보낸다. 현실에 과연 그런 엄마가 몇이나 있을

지 의문이 든다. 하지만 그런 모습이 육아의 전부인 것처럼 보여지는 것과 다르게 현실 육아는 그렇게 단순하지 않았다.

평범한 한 여자 어른이가 사회에 내보낼 동거인을 올바른 사람으로 만들어내는 과정이 육아인 것이다. 단순히 밥을 먹이고, 입히고, 재우는 그런 문제가 아니었다. 여자 어른이가 육아를 하면서 아이와 같이 성장하여 엄마가 되어가는 과정을 써보고 싶었다.

다른 한편으로는 아직은 육아를 경험해보지 않은 미혼 여성 혹은 임신을 계획하고 있는 기혼 여성들이 매체에서 보여지는 환상의 육아가 아닌 환장의 현실 육아를 간접적으로 경험해봄으로써 엄마가 되기 위한 몸과 마음의 준비에 도움이 되었으면 한다.

적지 않은 나이 35살의 나도 내 동거인이 방을 빼는 순간부터의 일은 정말이지 방을 빼는 그 순간까지 알지 못했으며, 방을 빼는 절차도 태어나 처음 겪는 신세계(?)였으니 말이다.

현실 육아를 엄마와 자녀가 아닌 한 여자가 새로운 동거인과 동거를 시작하며 여자 어른이에서 진짜 엄마가 되어 가는 에피소드로 조금은 편하게 이야기 해보고 싶다.

내가 파울라의 그림들을 보며 위로 받았듯 나의 글이 동거를 하고 있는 누군가에게 위로가 되길 바래본다.

천국에 들어가다

동거인이 방을 빼고 생소한 절차들이 끝났다. 동거인이 방을 뺐다는 사실이 아직은 실감 나지 않고, 나의 몸매도 여전히 D라인이다. 동거인이 방을 빼고 이제 진짜 동거가 시작된다.

본격적인 동거가 시작되기 전 동거인의 방 빼는 날만 기다리며 설렘 가득 준비한 물건들을 싸서 소문으로만 듣던 천국에 들어갔다.

먼저 동거를 시작한 선배들은 하나 같이 입을 모아 이곳이 천국이라고 하였다.

아직은 왜 천국인지 모르지만 기대하며 천국이라는 곳에 들어와 간단한 수속을 마치고 방에 들어갔다. 침대 옆 협탁 위에 처음 보는 기계가 있다. 뭔지 모르니 우선 패스하고 침대에 누워본다. 낯선 공간 살짝 긴장이 되어 방 안을 둘러 보며 조금씩 실감한다. 조용하다. 오랜만에 느끼는 편안함에 살짝 웃음이 나온다. "진짜 엄마가 되었구나."라고 이때는 아름다운 마음 뿐이었다.

방이 좁다며 차던 발길질도 느껴지지 않고, 이제 엎드릴 수 있다. 난 원래 엎드려야 잠을 자는 사람이었는데 엎드릴 수 있다는 이런 사소한 것이 이렇게 좋을 수가 없었다.

온전한 나만의 시간. 얼마만인가? 잠시 느껴본다.

이 순간 정말 간절하게 보리 음료가 생각났다. 물방울 맺힌 차가운 유리컵에 담긴 보리 음료. 상상만 해도 목젖을 타고 넘어가는 부드러운

거품 그리고 탄산에 내 목구멍이 따끔거린다. 마지막으로 허락된 보리 음료가 언제였던가? 또, 언제쯤 마음껏 마실 수 있을까? 이제 막 동거인이 방을 뺀 엄마에겐 기약이 없다.

동거인이 한 여름에 방을 빼 밖의 온도는 치솟고 있었지만 요즘 천국은 에어컨을 빵빵 하게 틀고 있을 수 있었다. 물론 천국의 나를 돕는 천사들은 에어컨 온도를 올리라며 눈에 불을 켜고 문틈으로 나오는 시원한 바람을 찾아 다닌다. 그리고 귀신같이 문을 열고 들어와 에어컨 온도를 27도 언저리에 맞추고는 조용히 사라지며 내 발에 신겨 있는 보들보들 따뜻한 수면 양말을 보며 미소 짓는다.

시간이 되니 천사가 밥도 방까지 가져다 주었다. 빨래도 바구니에 넣어만 놓으란다. 좋다.

평화로운 시간을 보내고 있던 그때 갑자기 동거인의 밥줄이 이상한 신호를 보낸다. 상상도 못한 통증. 분명 동거인이 방을 뺐는데 방을 빼는 순간보다 더 참기 힘든 통증이 밀려오기 시작했다. 난 다급하게 천사를 찾았다. 천사들은 대수롭지 않다는 듯 통증을 가라앉혀 주는 마법의 식물을 주고 사용하는 방법을 간단하게 설명해 주었다.

양배추.

왜 마법의 식물인지 천국에 들어가 본 사람은 알 것이다. 신기할 정도로 통증이 줄면서 열감 역시 떨어지기 시작했다. 식물로 다 해결되지는 않아 천사의 통곡 마사지를 받았다. 물론 여기서 통곡은 일본의 조산사 오케타니 소토미 선생님 이름의 일부인 오케타니의 한자 통곡(桶谷)을 그대로 읽은 것 이지만 정말 통곡(痛哭)을 하며 받게 된다. 그 후에도 나는 종종 마법 식물의 도움을 받았다.

그때부터 시작이었다. 이방에 들어와 처음 본 그 낯선 기계를 손에서 놓을 수 없게 된 것이다.

천국에서 날 도와 준다는 천사들이 날 재촉하기 시작하면서 틈만 나면 손에 쥐고 동거인의 식량을 생산해내고 있는 나를 발견하게 되었다.

이게 바로 동거 선배들에게 말로만 듣던 젖.소.부.인.(?)

그런데 천사들의 재촉은 점점 시간을 가리지 않았고, 난 천사의 초대를 받아 어떤 방으로 들어갔다. 그곳에는 나와 같은 옷을 입은 이제 막 엄마라는 이름표를 단 사람들이 각자의 동거인을 안고 난처한 표정을 지으며 왼쪽 밥줄에서 오른쪽 밥줄로, 다시 왼쪽 밥줄로 동거인이 잘 빨아 주기만을 바라며 서늘한 에어컨 바람에도 삐질삐질 땀을 흘리고 앉아 있었다. 태어나 처음 보는 광경에 잠깐 멍해진다. 그것도 잠시 천사는 나의 손을 이끌고 제일 구석 자리에 앉히고는, "잠시만 기다리세요! 공주님이 애타게 찾았어요."라며 방문을 열고 들어가 하얀 싸개에 쌓인 아주 작은 나의 동거인을 안고 나온다.

천국에 들어올 때 잠깐 보고는 이렇게 자세히 품에 안고 보는 건 처음이다. 나도 예외 없이 땀을 삐질삐질 흘리게 된다. 내가 여자 어른이 일 때 동거인에게 모유를 먹이는 일은 그저 엄마라면 동거인을 안고 입에만 가져다 주면 동거인이 알아서 먹는 거라 생각했었다. 모유 수유 이것이 이토록 어려운 일이란 걸 난 상상도 하지 못했다. 엄마들은 그렇게 천사들의 도움을 받아 반 강제적으로 모유 수유의 스킬을 배우게 된다.

천국에서는 마치 모유 수유가 모성애를 나타내는 척도 같았다. 그렇지만 모든 엄마들이 모유 수유를 할 수 있는 건 아니었다. 그리고 모유 수유를 할 수 없는 이유 또한 정말 다양했다. 아직은 동거인이 방을 뺄 때 난 상처로 짧은 시간 앉아있기도 힘들다. 그럼에도 엄마들은 초유라도 먹여야 된다는 천사들의 권유와 스스로 모성애가 부족한 건 아닌가 하는 죄책감에 오랜 시간 동거인에게 직접 수유를 하거나, 낯선 기계를 손에서 놓지 못한다. 이건 때를 가리지 않았다.

처음 천국에 들어왔을 때 본 동거 선배들은 손목에 같은 브랜드 혹은 비슷한 컬러의 손목 보호대를 하고 있었다. 난 이제야 그 이유를 알게 되었다. 많지도 않은 동거인의 식량을 낯선 기계로 생산해내는 일에 손목 보호대는 선택이 아닌 필수였다.

이때부터 손목 보호대는 내 신체의 일부가 된다.

천사에게 동거인의 식량을 가져다 주면서도 엄마들은 죄책감이 든다. 다른 동거인 식량의 양을 보고 자신도 모르게 비교를 하게 되니 말이다. 그게 뭐라고...

여자 어른이 일 때 동거인의 식량을 만들어 낼 수 있는지 그 양이 동거인에게 적당한지 이런 관점으로 나의 가슴을 생각해 본 적이 없었다. 속옷이 늘 커 가슴이 좀 컸으면 좋겠다 뭐 그런 생각은 가끔 했던 것도 같지만.

모유 수유는 선택 이라고만 생각했지

이것이 엄마들의 눈물이 될 거라고는 상상도 못했었다.

그런데 많은 엄마들이 운다.

다양한 이유로 모유 수유를 하지 못 할 수도 혹은 짧게 할 수도 또, 동거인에게 직접 수유를 하든 기계의 도움을 받든 어떤 경우라도 엄마들은 자신의 동거인을 사랑하고, 동거인을 위한 희생을 마다하지 않는다.

뒤돌아보면 나의 천국 생활은 동거인 식량 생산과 관련한 교육 및 생산 그리고 통곡(痛哭)마사지 이 둘 밖에 기억나지 않는다. 그런데 벌써 나에게 허락된 천국 생활의 마지막 날이다.

첫 번째 미션. 만지면 부숴질 것 같은 작은 동거인을 씻겨라. 천사들이 아주 능숙하게 시범을 보이며 설명을 한다. 과연 집으로 돌아가 혼자 할 수 있을까?

천국에서 돌아와 집에 동거인과 나만 덩그러니 남게 되고 난 그 곳을 왜 천국이라고 하는지 깨달았다.

동거인의 밥줄 끊기

나의 동거인은 천국에서 나온 그 날부터 소가 생산한 식량을 거부하기 시작했다. 직접 모유 수유를 하거나 기계의 도움을 받아 젖병에 넣어서 주면 잘 빨아 먹던 것도 소가 생산해 가공한 가루를 타서 주면 같은 젖병이라도 혀로 밀어내며 울었다.

천국에서 천사들이 동거인에게 맛들인 비싼 가루는 늘 젖병에서 싱크대로 버려지기 일수였다.

그렇지만 난 가루를 포기할 수도 없었다. 포기 하기에는 모유가 넉넉하지 않았다. 모유의 양만이 문제가 아니었다. 동거인은 나의 한쪽 가슴만을 선호해 다른 한쪽 가슴은 자연스럽게 생산이 중단되고 말았다. 그러니 동거인은 늘 배가 고팠을 것이다.

늘 배가 고픈 동거인은 모유를 다 먹고 난 후 대부분의 시간을 울다 잠들었다.

동거인이 모유만 먹으니 좋은 점도 많다. 일단, 동거인과 함께 하는 외출에 짐의 양이 상당히 줄어든다. 작은 통에 소분한 가루, 뜨거운 물이 담긴 텀블러에 끓여 식힌 물을 담은 텀블러 추가, 여분의 젖병들 이 모든 것이 필요 없었다.

외출 시 수유가 필요하면 수유실만 찾으면 된다. 생각보다 우리나라에 수유실이 잘 마련 되어 있어 대형 마트, 백화점, 도서관, 휴게소, 지하철, 관람 시설 등 수유실 찾기가 어렵지 않다. 그리고 꽤 쾌적하고 필요한 물품들이 구비되어 있었다.

수유실의 뜻 조차 관심 없던 여자 어른이 일 때 수유실이 이렇게 곳곳에 잘 마련되어 있는지 생각도 못했고 미래에 내가 수유실의 VIP가 될지는 더더욱 생각 못했다.

수유를 하기 위해서는 한 손으로 똑딱 가슴을 드러낼 수 있는 캐미솔을 입고, 쇼핑몰에서 산 수유복을 입어야만 한다.

여자 어른이 일 때 백화점에서 구입한 예쁘고 짧은 원피스들은 옷장 제일 깊은 곳에 걸어 두었다. 레이스 달린 캐미솔은 서랍장 어디에 넣어 두었는지도 모르겠다.

12cm가 넘던 킬힐들도 신발장 제일 높은 칸에 올려두었다.

이렇게 난 의도치 않게 완전모유, 이른바 완모를 하게 되었다.

동거인이 밤낮 가리지 않고 울어 하루 종일 가슴을 열고 사는 날이 많아지며 난 낮에는 제대로 먹지도 못하고, 밤이면 잠을 잘 수도 없었다.

친정 엄마 찬스를 써 잠시 외출을 한 뒤 핸드폰 벨이 울린다.

"여보세요?"

핸드폰 넘어 에서 엄마의 목소리가 들려온다.

"딸 엄마가 아무리 달래도 울음을 그치지 않아. 엄마가 미안하네. 전화하지 않으려고 했는데"

엄마의 미안하단 말은 왜 이렇게 듣기 싫은 걸까? 늘 주기만 하시면서……

오랜만에 혼자 외출한 딸 조금이라도 쉬다 오라고 달래지지도 않는 나의 작은 동거인을 업고 애쓰는 모습이 떠올라 용건의 해결과 상관없이 서둘러 외출을 끝내고 집으로 돌아와야 했다.

집에 도착하자 엄마는 난처한 표정을 하고 선선한 가을 날씨에도 땀을 흘리며 동거인을 업고 계셨다.

나의 작은 동거인은 한 시간 남짓 울고 있다고 말하는 엄마의 목소리에 미안함이 진하게 묻어있다.

그리고 많이 지쳐 보였다. 울 엄마.

엄마에게 고맙고 미안한 마음을 괜스레 짜증으로 풀어낸다. 늘 어리석다.

손을 씻고는 똑딱이를 연다. 동거인을 안고 가슴을 내어준 후에야 울음이 멈춘다.

이렇게 동거인이 모유만 먹어준 덕분에 난 직수의 고수가 되었다. 천국에서 땀을 삐질삐질 흘리던 때의 내가 아니다. 이제는 배고픈 동거인에게 언제 어디서든 가슴을 내어 줄 수 있는 진정한 아줌마가 된 것이다.

길다면 길고 짧다면 짧은 1년 여의 시간이 흘러 동거인의 밥줄을 끊어야 할 때가 되었다. 그리고 준비를 시작했다.

우선 D-day를 동거인의 첫 번째 생일로 정했다.

국제모유수유학회는 6개월간의 완모와 생후 2년까지의 모유 수유를 권고 한다지만 난 여기까지만.

이제 인터넷과 모든 육아서를 뒤져 동거인 밥줄 끊기 프로젝트에 돌입했다.

동거인의 밥줄 끊기 프로젝트는 크게 두 파트로 나누어 볼 수 있다.

첫째, 동거인의 밥줄을 향한 의지를 꺾는 것

둘째, 밥줄을 끊고 난 후 생산의 중단

이 두 파트를 어떻게 잘 해결하느냐에 따라 프로젝트의 성공과 실패가 결정된다.

그럼 동거인의 밥줄을 향한 의지를 어떻게 꺾느냐? 완모를 했던 만큼 동거인에게 가장 소중한 것을 뺏는다고 생각하니 쉽게 접근할 문제는 아닌 것 같았다.

분명 동거인도 스트레스를 받을 것이다. 그래서 D-day가 다가 올수록 방을 빼기 전 조잘 조잘 대화하던 스킬로 알아들을 거라 생각하고 최대한 상냥하게 설명해주기 시작했다.

그러고는 주변 동거 선배들의 성공담을 모으기 시작했다. 정말 기상천외한 방법들이 많았다.

모유 수유 시 가슴에 쓴 도라지 청을 바르고 수유해보라는 선배, 배가 부르면 밤수(밤중 수유) 없이 잘 잘거니 자기 전 물 혹은 우유를 먹이라는 선배, 몇 일 울다 지쳐서 잠드는 습관을 길러 주라는 선배, 반창고를 가슴에 붙이고 "엄마 아야 해"라고 이야기 해주라는 선배 등 다양한 성공담을 들을 수 있었다.

위의 방법들로 성공했다는 이야기에 의구심이 들었다. 성공담이 맞는 걸까? 그렇다면 과연 내 동거인에게 맞는 방법은 무엇일까?

제일 먼저 도라지 청을 이용해 보았다. 나의 동거인은 인상 쓰며 몇 번 물었다 놓았다를 반복하고 손으로 쓰윽 입을 닦고는 물고 빨기 시작했다. 실패다. 동거인에게서 이 정도의 쓴맛은 견뎌 낼 수 있다는 강한 의지가 느껴졌다.

두 번째, 막수(밤에 잠들기 전 마지막 수유)를 하면서 물고 잠들면 빼는 방법으로 재우고 있어서 막수를 하지 않으니 난 의도치 않게 울다 지쳐서 잠들게 하는 방법도 시도해 보게 되었다. 당연히 실패다. 1년 가까이 동거하면서 나의 동거인은 1~2시간은 기본으로 울었던 터라 내가 지쳐서 물려 버렸다.

밥줄 끊기 프로젝트는 실패로 돌아간다고 생각할 때 문득 반창고라도 붙여 보고 끝내자 라는 마음으로 양쪽 가슴 가장 볼록한 부분에 붙였다.

다음 날이 바로 동거인의 생일 즉, D-day였다.

동거인에게 정말 "엄마 아야 해" 이 한마디만 했다. 그때 동거인의 눈빛을 아직도 잊을 수가 없다. 스스로도 갈등이 되는지 슬픈 눈으로 나를 보며 가슴에 붙은 반창고를 만졌다 놓았다를 반복하다 이내 손을 치운다. 아무것도 모르는 동거인이라 생각했는데 나의 "아야" 한마디에 가장 소중한 것을 포기해 주었다. 미처 생각지 못했던 12개월의 동거인도 나를 사랑하고 있었던 것이다.

첫 번째 파트는 성공적으로 끝났다.

이제 두 번째 파트 어떻게 생산을 중단하느냐가 문제다. 생각보다 쉽게 해결 되었다. 기본적으로 한쪽 가슴은 생산을 중단한지 오래고 모유의 양이 많지 않았던 터라 선배들에게 들었던 방법들은 해보지 않아도 되었다.

예를 들어 약을 처방 받아라, 수제 식혜를 마셔라, 압박 붕대를 감아라, 아이스 팩을 겨드랑이 사이에 끼고 있어라, 마법 식물을 가슴에 올리고 있어라, 밥줄 끊는 차를 마셔라 등등.

이렇게 동거인의 밥줄을 끊었다. 동거인 첫 번째 생일 전날에……

그런데 기분이 이상하다. 동거인이 그토록 원하고 아직은 생산도 가능하다. 그런데 난 무엇을 위해 D-day를 정하고, 애써 동거인의 밥줄을 끊은 것인가 생각하게 되었다.

동거인이 밤에 자다가도 식량을 원한다. 난 잠결에 옆으로 누워 수유를 하며 잠을 이어간다. 자다 깨다를 여러 번 서로 온전하지 못한 수면을 하게 된다.

낮이 되면 전날 숙면하지 못한 이유로 동거인도 나도 짜증이 늘어난다. 몸이 힘드니 감정이 널뛰기를 한다. 잠이 부족하니 먹는 것도 싫어 틈만 나면 난 누워 잠을 잤다. 이런 날이 반복 되며 나의 행동에 빨간 신호등이 들어왔다. 동거를 하는 것이 좋지가 않았다. 그렇게 원했던 동거이거늘……

서로 조금 더 행복하게 동거 생활을 이어가기 위해 관계의 개선이 필요했던 것이다.

프로젝트를 끝내며 식량을 사랑으로 바꿔서 주자고 다짐해 본다.

나는 글쓰기로 설렌다 출간 기획서

지 윤 서

살인자의 편지

악마의 신부들이 들려주는 이야기

도서 제목 및 부제 (가칭)

- 살인자의 편지
- 악마의 신부들이 들려주는 이야기
- 살인자의 여백 _ 빈자리를 빼앗아 간 악마

저자 소개

지윤서

'글을 쓰면 말썽꾼이 사라진다. 추리/스릴러 소설을 좋아한다.'

"즐기세요. CJ" 표어에 사로잡혀 입사 9년 후 퇴사. 소설은 휴식에 찾아온 친구였다. 그 친구에게 이끌려 글 쓰는 즐거움을 느끼고 있다. 「살인자의 편지」는 저자도 예상치 못한 결과가 나왔다. 글쓴이로 최초의 독자가 되어 기쁘다.

주요 독자

- 주변이 같이 걱정해 주는 사춘기 10대 청소년
- 험난한 세상을 시작하는 20대 청년들
- 부모의 사명이 생긴 초보 엄마와 아빠

기획의 특징 및 차별성

- 범죄 사건에서 최선의 방어를 알아본다.

✔ 범죄 상황을 알아보고 행동 요령을 모색한다.

✔ 최선의 방어 방법을 알려 준다.

✔ 호기심, 무지가 범죄에 노출되고 있는 것을 알린다.

• 범죄 사건 가해자와 피해자를 자세히 다룬다.

✔ 범죄 사건, 장소, 인물(감정, 태도)을 자세히 묘사한다.

✔ 범죄를 간접적으로 경험하게 한다.

✔ 범죄 속에서 자신을 돌아보려 한다.

• 범죄 사건의 법을 알아보고 권리와 의무도 되짚어 본다.

✔ 사건을 접하고 법을 알아보자.

✔ 정당한 폭력은 없다. 어린이 학대 기준을 알아본다.

✔ 법에서 국민의 권리와 의무를 알아본다.

Contents

서문 및 샘플 원고: 다음 페이지에 첨부

플라톤의 저서「소크라테스의 변론」에 “너희 인간들이여, 너희들 가운데 가장 지혜로운 자는 소크라테스처럼 자신이 지혜에 관한 한 진실로 무가치한 자라는 것을 깨달은 자이니라!” 무지를 인정하지 못하면 배울 수 없다는 뜻이다. 현명한 사람이 배움을 잃어버리는 이유이다. 사람은 죽을 때까지 배워야 한다는 말과 일맥상통한다. 우리는 법, 양육, 그 외 지식을 끊임없이 배워야 한다. 그리고 범죄를 뉴스거리로만 바라보지 않았으면 한다.

우리 삶은 백 길 낭떠러지 우에 서 있다. 위태로운 길 위에서 한 발 내딛는 선택을 우리는 매일 한다. 무사히 지나가길 바라는 것이 보통 사람의 마음가짐이다. 세상을 안전하게 살기 위해서 배움이 필요하다. 범죄는 우연보다 계획적인 경우가 많다. ‘나는 아닐 거야.’가 아닌 자신의 안전을 위해 알아야 한다. 범죄자 대부분 사건을 모의하고 계획을 세운다. 치밀한 계획에 우리는 당하고 속는 것이다. 범죄자도 죄를 습득하고 배우고 있다.

범죄를 막을 수 없다면, 우리는 최선의 방어를 배워야 한다. ‘나는 내가 지킨다’라는 철학이 있다. 고등학교 3학년 겨울 합기도를 배우게 되었다. 합기도에서 배운 호신술은 나의 마음을 사로잡았다. 호신술은 자신을 보호하고 방어하는 무술이다. 그리고 위험한 상황을 인지하고 스스로 최선의 방어를 할 수 있게 되었다.

범죄 상황에 빠졌을 때 대처 방법을 배우고 시뮬레이션이 필요하다. 운동에서 시범과 시뮬레이션은 운동 효과를 확장 시켜준다. 범죄는 때와 장소, 학습한 대로 찾아오지 않는다. 여러 시뮬레이션 속에서 대처 방법을 익혀놓는 것이 중요하다. 새로운 범죄 사건을 접하면 전문가의 조언을 찾아봐야 한다. 범죄 사건은 무지를 깨우는 경고음이다.

공감을 할 수 없을 정도의 살인과 범죄를 저지른 사람을 우리는 사이코패스로 분류하고 있다. 강력 범죄자를 보통의 사람이 이해하기란 어렵다. 그래서 우리 사회는 분류하고 싶어 한다. 사이코패스 진단 검사로 범죄를 저지르기 전에 분리할 수 있는지 묻는 사람도 생겼다. PCL-R(사이코패스 진단표) 점수가 높다고 범죄자가 된다는 것은 섣부른 판단과 편견이다.

「사이코패스 뇌과학자」 저자 제임스 팰런은 자신의 뇌 사진을 우연히 보게 된다. 과학자로 바라본 뇌 사진은 사이코패스 뇌와 일치하고 있었다. 그리고 뇌 사진의 주인이 바로 자신이라는 것을 알게 된다. 신경과학자의 뇌가 사이코패스 뇌라는 사실을 알게 된 제임스 팰런은 과학자로서 호기심이 일었다고 한다.

제임스 팰런은 사이코패스 뇌를 가졌다고 범죄자로 성장하는 것이 아니라고 자신을 통해 증명하고 있다. 저자 제임스 팰런 「사이코패스 뇌과학자」에 "내가 볼 때 인격과 행동은 본성(유전)이 80퍼센트 정도를 결정하고 양육(성장 환경)은 20퍼센트밖에 결정하지 않는다."라고 한다. 그리고 사이코패스 뇌를 가진 사람은 대인 공감 부재가 문제라고 말한다. 사이코패스 뇌를 가진 사람은 감정이 평평하다고 표현한다. 죄를 저질러도 죄책감이 없고 긴장하지 않는다. 그 중 사랑의 욕구가 없다는 내용은 정말 끔찍하게 다가왔다.

제임스 팰런은 사이코패스가 되지 않았다. 그 이유를 찾던 그는 학대 받지 않았고, 행복한 가정에서 자랐다고 말한다. 사이코패스 범죄자는 어린 시절 신체적, 감정적 성적으로 학대를 받은 사람이 많다고 한다. 올바른 양육 환경이 중요하다는 것을 알려주고 있다.

범죄와 학대를 대하는 우리의 올바른 태도를 알아보고자 한다. 우리는 사이코패스 범죄자를 이해할 수 없다. 그러나 더는 사이코패스 범죄자를 길러내는 세상은 원치 않는다. 사이코패스는 정신의학적 병명이 명확히 없다. 우리 사회가 만들어 낸 존재가 아닌가 싶다.

살인자가 보내는 1번째 편지_내 딸, 수아야.

열기가 식은 여름날, 시끄럽게 울던 매미 소리가 사라진 자리에 응급차 사이렌 소리가 울려 퍼진다. 응급차 안은 숨이 겨우 붙어있는 여자아이와 죄인이 되어버린 아버지가 고개를 숙인 채 이송되고 있었다.

학교 운동장으로 종이 울려 퍼지며 아이들이 쏟아져 나왔다. 아이들은 집으로 돌아가기 위해 각자의 방향으로 흩어지고 있었다. 그 속에서 수아만 나무늘보처럼 걷고 있었다. 수아는 학교가 끝나도 즐겁지 않았다. 하교 중 친구들이 말을 걸면 시간을 끌어보고 싶은 마음뿐이었다.

수아의 마음을 알 리 없는 친구들은 모두 떠나고 빈 운동장에 혼자 남아 있었다. 운동장에 혼자 있는 것을 발견한 경비 아저씨가 소리쳤다.

"여기 혼자 남아 있으면 안 돼! 어서 집으로 돌아가."

수아는 고개 숙인 채 운동장을 나와 집으로 걸어갔다. 연식이 오래된 빌라촌을 지나고 있었다. 벽에는 페인트가 얼룩덜룩 떨어져 있었고 이름과 개성을 서로 뽐내듯 서 있었다. 그나마 깨끗해 보이는 빌라가 수아의 집이었다.

어느 날 수아는 학교를 마치고 귀가하고 있었다. 그러나 현관문 앞에서 들어갈 수 없었다. 미숙과 준석이 수아의 양육을 가지고 싸우는 중에 있었다. 둘의 관계는 평소에도 좋지 않았다. 그러나 헤어지게 될 거라고 상상하지 못했다. 집안은 부서지는 소리와 비명 섞인 욕들이 난무했다. 수아의 마른 다리가 힘에 풀려있었다. 계단에 웅크리고 앉아서 울며 기도 했다. 두 분이 싸우지 않게 해달라고 신께 빌었다. 수아는 선택을 강요받을 것 같은 두려움에 떨고 있었다. 딸에게 무한한 사랑을 주는 아빠와 무섭지만, 엄마를 좋아했다.

준석은 대학 시절 미숙이 첫사랑이었다. 그는 서울에 있는 대학에 입학하며 지방에서 올라오게 되었다. 그의 집은 형편이 넉넉하지 못했다. 그의 부모님은 목돈을 털어야 했다. 그리고 모자란 돈은 대출받아 겨우 자취방을 구해 주셨다. 그런 부모님을 그는 사랑하고 존경했다.

준석과 미숙은 고등학교 선후배 사이였다. 그녀는 졸업식 날 자신의 연락처를 건네주며 호감을 드러냈다. 준석의 두 볼은 홍당무처럼 변하고 있었다. 그의 이성적인 뇌와 상관없이 가슴은 널뛰기하며 쿵쾅거리고 있었다. 그동안 학업을 핑계로 여자를 만나 본 적이 없었다. 그는 바로 모태 솔로였다.

따뜻한 봄이 찾아왔고 준석은 미숙을 잊은 채 살아가고 있었다. 봄비가 내려 벚꽃이 한두 송이 남아있는 계절 미숙에게서 연락이 왔다. 잘 지내고 있냐는 짧은 안부 문자에 준석은 반가웠다. 그는 서울살이에 지쳐가던 중이었다. 미숙은 고향에 대한 그리움을 지워주는 존재가 되어가고 있었다. 둘은 애정이 차곡차곡 쌓이고 사랑으로 발전하고 있었다.

어느 여름날 미숙은 짐과 함께 준석의 자취방으로 쳐들어왔다. 며칠 신세를 지겠다는 미숙은 자취방을 떠나지 않았다. 미숙은 취업을 위해서 노력했다. 그러나 지방 고등학교 졸업, 성적은 하위권 등 결격 사유가 많았다. 미숙을 반겨주는 회사는 없었다. 준석은 미숙을 사랑했고, 그녀의 모든 것을 감싸주고 싶었다. 준석은 힘들 때 위로가 되어준 미숙에게 쉴 수 있는 공간을 내어 주고 싶었다. 동거 생활을 시작하게 된 것은 우연이 아니었다.

동거 생활은 서툴고 힘들었다. 준석은 매달 쪼들리고 있었다. 그러나 미숙은 모른 척 그의 곁에서 지켜만 보았다. 준석은 숨이 막힐 정도의 압박에 시달려야 했다. 준석의 부모님이 보내주는 생활비로 둘이 살기란 빠듯했다. 그래서 준석은 아르바이트를 전전하며 생활비를 벌었다. 준석의 사랑은 점점 지쳐갔다. 시간이 지나갈수록 미숙에게 속고 있는 기분이 들고 있었다. 의심은 깊어졌고 헤어질 결심을 하게 되었다.

"오빠, 나 임신한 것 같아. 어떻게?"

미숙의 말에 준석은 소용돌이 속으로 갇히는 기분이 들었다. 아무것도 모르는 부모님도 걱정이었다. 그의 고민은 늘어만 갔다. 준석은 자신을 믿어주는 부모님께 죄스러운 마음뿐이었다. 쏜살같이 몇 주가 흐르고 미숙은 초음파 사진을 건네주었다. 그리고 다음 진료에 아기 심장박동 소리를 들을 수 있다고 덧붙였다. 그는 이 모든 상황이 혼란스럽고 정리가 안 되고 있었다. 그는 엄마밖에 생각나지 않았다. 그에게 엄마는 늘 해결사였다. 그는 떨리는 손으로 연락했다.

"엄마, 잘 지내고 계시죠? 저… 사실 엄마한테 할 말이 있어요."

준석의 흔들리는 목소리가 전달되었다. 그의 목소리를 듣고 어머니는 바로 아들에게 달려왔다. 그는 한참을, 고개를 들 수 없었다. 설움에 눈물방울이 바닥에 뚝뚝 떨어졌다. 어머니는 아무 말 없이 그를 품어 주셨다. 준석은 오랜만에 따뜻한 온기를 느낄 수 있었다. 그는 엄마에게 사실대로 털어놓았다. 어머니는 아들의 이야기를 놓칠세라 눈으로 그의 입을 쫓고 있었다. 준석은 머릿속이 텅 비어 있었다. 어머니는 한동안 말이 없이 먼 산을 보았다. 그리고 어머니가 내뱉은 말은 실로 놀라웠다.

"너 피임은 안 했니?"

준석의 집은 아버지가 주축이 되는 가부장제 집이었다. 어머니는 아버지 그늘에서 평생을 살아온 현모양처였다. 결혼 후 5년 동안 임신을 못 한다는 이유로 시어머니에게 구박을 감당하며 사셨다. 그리고 이듬해 준석을 출산한 어머니는 옛날뿐이었다.

피임 얘기를 먼저 꺼낼 줄 상상도 못 했다. 준석은 입안에 공기를 잔뜩 머금고 내쉬며 스멀스멀 올라오는 열기를 내뱉었다.

"엄마. 흠… 저…, 그러니까"

준석을 바라보던 어머니가 자기 다리를 내리치며 소리쳤다.

"중요한 문제야. 잘 생각해 봐!"

호통치는 어머니의 말 속에서 자기 행동을 하나씩 되짚어 보고 있었다. 그는 피임을 철저히 했다고 떠올렸다. 어머니는 부담스러울 정도로 준석을 뚫어져라 쳐다보고 있었다.

"엄마, 나 피임 철저히 했는데. 그래도 임신이 될 수 있나?"

아들의 터무니 없는 답에 어머니의 동공은 흔들리고 있었다. 어머니는 자신이 무슨 말을 했는지 그제야 깨달았다. 그녀는 작은 교회에서 집사로 지내며 늘 떳떳했다. 그러나 철없는 아이처럼 내뱉은 말을 주워 담고 싶었다. 그녀 스스로 나약한 자신이 부끄러웠다.

"아니다. 내가 말 잘 못했다."

어두운 기색을 숨기지 못 한 채 어머니는 입만 겨우 움직이셨다. 다음에, 집에 내려와 인사시키라는 말을 남기고 떠나셨다.

준석과 미숙은 오랜만에 고향을 찾았다. 준석의 부모님은 둘을 기다리고 있었다. 그의 부모님은 신문하듯 미숙에게 많은 것을 캐묻고 있었다. 미숙은 떨리는 기색 없이 그의 부모님의 답을 막아내고 있었다. 어릴 적 어머니가 돌아가셔서 홀아버지 밑에서 자랐다. 그리고 언니는 외국에 살고 있고 아버지는 해외에서 근무하고 있다고 전했다. 그리고 결혼식에 참석이 어려울 것 같다고 덧붙였다. 부모님은 미숙의 말을 들을수록 황당한 얼굴을 감추지 못하셨다. 그들은 미숙이 며느리로 성에 차지 않았다. 그러나 부모님은 임신한 미숙을 거부 할 수 없었다. 그 후 둘의 결혼식은 조촐하게 치러졌다.

결혼 후 미숙은 준석을 더 힘들게 만들었다. 준석은 졸업반에 접어들며 취업 스트레스로 힘들어하고 있었다. 집에 들어가 눕고만 싶은 준석을 기다리는 것은 집안일 이었다. 현관을 들어서면 보이는 산더미 같은 쓰레기와 바닥에 줄지어 늘어놓은 옷 때문에 발을 딛기도 힘들었다. 그리고 음식을 먹고 치우지 않아서 굳어버린 음식 찌꺼기가 그릇에 딱 붙어 있었다. 그는 화를 삼키며 참아야 했다. 미숙은 배가 불러올수록 잠이 많아졌고 움직이기 힘들어했다. 준석은 출산 후 나아질 거라는 기대를 품고 있었다. 미숙이 출산하고 수아를 바라보는 눈빛에는 온기를 전혀 실려있지 않았다.

수아가 태어나고 준석은 얼마 지나지 않아 취업하게 되었다. 첫 직장 생활에 긴장이 풀리기도 전에 수아를 돌봐야 했다. 미숙은 수아를 혼자 내버려 두고 외출을 다녔기 때문이다. 이웃 주민들은 아기가 악을 쓰며 운다고 항의를 해 왔다. 준석은 퇴근하면 뛰어서 집에 들어왔다. 준석은 더는 참지 못하고 화를 냈다. 미숙은 그를 무시하며 하고 싶은 대로 행동했다. 준석과 미숙은 매일 싸웠고 그녀는 바뀔 마음이 전혀 없었다.

준석은 기저귀 떼지도 못한 수아를 어린이집에 맡겨야 했다. 어린이집 선생님은 아빠 혼자 아기를 키운다고 생각할 정도였다. 아침이면 수아를 깨워 머리 묶이고 어린이집에 들여보냈다. 그리고 회사로 출근하는 바쁜 일상이 이어졌다. 우여곡절 끝에 수아가 유치원을 마쳤고 초등학생이 되었다.

초등학생이 된 수아를 돌봐주는 것은 엄마보다 아빠의 역할이 컸다. 아이를 키우며 준석은 딸에 대한 애착이 더 커져만 갔다. 아이가 크면 클수록 준석과 미숙의 감정의 골은 깊어졌다. 준석은 수아를 혼자 키우기로 결심하게 되었다. 그리고 미숙에게 합의 이혼을 요구했다. 양육은 당연히 준석이 맞게 될 거라고 예상했지만 미숙은 양육을 넘겨주지 않으려 했다.

미숙은 양육에 항상 방관자였다. 그녀를 이해할 수 없었던, 준석은 분화구에서 용암이 솟구쳐 오르듯 참았던 화가 폭발하고 말았다. 미숙이 고함을 질렀고 준석은 욕설로 되갚아 주었다. 그녀는 손에 잡히는 물건을 모조리 바닥으로 내던졌다. 준석은 더 이상 못 봐주겠다는 듯 무시하며 현관을 박차고 나왔다.

문을 나서자, 계단에 움츠려 앉아 있는 수아를 발견했다. 준석은 여태껏 참아왔던 것이 무너지고 있는 느낌이었다. 그는 힘들어도 수아만큼은 지켜주고 싶었다. 아침에 빗으로 예쁘게 따준 머리를 쓰다듬어 주었다. 그는 눈물을 삼키며, 떨리는 목소리로 수아를 불렀다.

"수아야. 언제부터 여기 있었어."

수아는 힘겹게 고개를 올려 그를 보았다. 수아의 얼굴에 눈물 자국이 남아 있었다. 작은 가슴을 들썩이며 입을 열었다.

"아빠, 엄마랑 헤어져? 수아는 누구랑 사는 거야."

수아는 선택 할 수 없는 결정을 아빠에게 물어보고 있었다. 준석은 수아를 말없이 쳐다보다 아이를 품에 안고 울고 있었다. 그리고 수아를 데리고 빌라 밖으로 나와 편의점으로 갔다. 야외 테이블 의자에 수아를 앉혔다. 그리고 수아를 진정시키려 했다. 준석은 편의점 안으로 들어가 바나나 우유 두 개를 사서 나타났다. 바나나 우유에 빨대를 꽂아서 수아에게 건네주었다. 수아는 밍밍하지도 달지도 않은 바나나 우유를 좋아했다.

준석은 말없이 우유를 먹는 수아를 바라만 보았다. 다른 때는 수아의 고민을 전부 해결해 주는 아빠였다. 하지만 오늘은 고민을 만들어 준 당사자가 되어 버렸다. 수아의 눈치를 살피던 준석은 어렵게 말을 꺼냈다.

"수아야, 아빠랑 엄마가 헤어지는 건 맞아. 아빠도 행복해지고 싶어서. 수아가 싫어서 헤어지는 건 절대 아니야. 아빠는 수아랑 계속 같이 살고 싫어."

준석의 말은 서툴렀지만, 진심을 담아 전달하고 있었다. 수아의 눈빛은 준석을 다 알고 있다는 듯 꿰뚫고 있었다. 준석은 수아의 눈을 보며 안심할 수 있었다. 준석이 숨을 돌리며 바나나 우유 뚜껑을 열어 벌꺽벌꺽 마셨다. 수아가 준석을 바라보며 이야기했다.

"아빠 졸았구나! 아빠 싫다고 할까 봐."

준석은 수아의 말에 마시던 우유가 목에 걸려 사레들렸다. 준석이 아니라는 듯 손짓을 해 보았지만, 소용없는 일이었다.

"바나나 우유는 빨대로 먹어야 맛있는 거야."

초등학생 질타에 준석은 웃음이 입 밖으로 터져 나왔다. 수아의 말에 부녀 관계를 빠르게 회복할 수 있었다. 수아를 데리고 집으로 돌아왔다. 미숙은 흔적도 없이 사라진 뒤였다. 엉망이 된 거실과 부엌을 보던 수아를 서둘러 방으로 들여보냈다. 준석은 깨진 살림살이를 정리하고 있었다. 집이 깨끗해지면서 안정감을 되찾을 수 있었다.

미숙은 준석의 끈질긴 설득에 합의 이혼에 동의했다. 준석은 수아의 양육권을 가져왔다. 그 대신 빌라를 미숙에게 양도하기로 결정을 내렸다. 미숙은 집에 강한 집착을 보여왔다. 준석은 양육과 집을 바꾸며 미숙과의 연결고리를 끊어버리고 싶었다. 합의 이혼이었지만 이혼 기간은 더디게 흘러갔다. 준석은 긴 시간을 견디는 것밖에는 별다른 도리가 없었다. 수아와 앞으로 살아가야 할 집을 구하는 것이 더 큰 문제였다.

이혼 절차가 마무리되며 수아와 준석은 이사했다. 예전에 살던 집보다 오래된 건물이었다. 건물 1층인 것만 빼놓고 모든 것이 전보다 낡고 비좁았다. 다행히 수아는 까다롭고 예민한 성격은 아니었다. 수아는 이사 온 첫날 바퀴벌레와 격투 끝에 아빠 등 뒤로 숨을 수밖에 없었다. 아직은 낯설고 무서웠지만, 수아는 아빠를 의지하며 잘 지냈다.

준석이 다니는 회사는 소규모 중소기업이었다. 호흡기치료기를 생산하는 제조회사였다. 준석은 매월 실적 압박을 받았고 연말에는 인원 감축에 몸을 사려야 했다. 그는 '오늘만 잘 버티자' 생각하며 회사에 다녔다. 하루하루가 반복되던 일상에 코로나가 전 세계를 덮치며 회사는 전세가 역전되었다. 악마같이 매출을 올리라고 고함을 지르던 상사는 웃고 있었다. 사무실 직원들은 호흡기치료기를 찾는 고객들에게 예약을 권유하고 있었다.

준석이 다니는 가족 같은 회사는 사라지고 없었다. 신입사원이 늘어나면서 회사 규모는 커져만 갔다. 사장은 초창기 구성원을 중심으로 업무 범위를 넓혀가길 원했다. 그에 대한 대가로 승진과 수당을 더 얹혀 주었다. 준석은 수아를 좋은 환경에서 키우고 싶었다. 그래서 사장의 요구를 받아들이기로 결심했다. 준석은 회사에서 능력 있는 인재였다. 준석의 능력을 높이 평가하고 있던 사장은 해외 영업을 준석에게 맡겼다.

매월 일주일씩 해외로 출장을 다녀야 했다. 준석은 높은 연봉을 포기하고 싶지 않았다. 출장을 떠날 때면 수아가 눈에 밟혔다. 그래서 지방에 사는 어머니에게 수아를 돌봐달라고 부탁했다. 출장이 잦아지며 수아에게 미안한 마음이 커졌다. 출장을 다녀오면 두 여자는 잔뜩 토라져 있었다. 처음 보는 어머니의 토라진 모습에 준석은 코웃음이 나왔다. 수아는 할머니가 자기 뜻대로 움직여 주지 않는다며 불평불만을 토로했다. 어머니는 수아가 버릇없다고 화를 내셨다.

두 여자의 이견은 좁혀지지 않았다. 준석은 두 여자의 중간쯤에서 방황하고 있었다. 수아는 어려서 이해심이 넓지 않았다. 사춘기가 오려는지 꾸미고 치장하는 것을 좋아했다. 준석의 어머니는 어린것이 벌써 발랑 까져서 저런다며 나무랐다. 준석은 어머니에게 도움을 받은 처지라 더는 뭐라고 할 수 없었다. 그래서 준석은 수아를 살살 꼬셔서 달래기로 했다.

수아는 아빠의 꾐에 넘어갈 아이가 아니었다.

“아빠, 최신형 휴대폰 사주면, 할머니 말을 잘 들을게.”

수아는 준석에게 협상을 걸어왔다. 준석은 뒤통수를 얻어맞은 기분이었다. 꼬맹이가 벌써 이렇게 컸나 대견하다가도 섭섭한 마음이 앞섰다.

“알겠어. 최신형으로 사줄게. 그 대신 약속 잘 지키는 거다.”

수아는 활짝 이를 드러내 웃고 있었다. 준석을 향해 엄지를 척 올려 힘껏 흔들었다. 준석은 딸이 원하는 것을 사줄 수 있어서 좋았다. 예전에는 수아가 장난감을 사달라고 떼를 써도 사줄 수 없는 형편이었다. 다른 친구들 장난감을 부러워하는 수아의 눈빛을 아직도 잊을 수 없었다. 휴대폰이 생긴 수아는 어딜 가든 휴대폰을 끼고 살았다. 휴대폰 세상은 수아에게 환상의 나라가 아닐지 싶을 정도로 푹 빠져 있었다.

몇 개월은 순탄하게 흘러갔다. 수아와 준석의 어머니는 싸울 일이 사라졌다. 둘은 대화가 줄었고 수아는 꾸미고 치장도 하지 않았다. 수아는 누군가와 연락하며 동영상을 찍었다. 그의 어머니는 휴대폰을 잘 다루지 못했다. 수아가 무엇을 하는지 전혀 알 수 없었다.

출장에서 늦게 돌아온 준석이 수아가 자는 모습을 확인 후 방을 나오고 있었다. 그런데 휴대폰 진동이 울리며 수아의 잠을 깨우고 있었다. 준석은 휴대폰을 다급하게 찾아 전화를 끊으려는 순간 온몸이 굳어지고 있었다. 전화를 걸고 있는 사람은 미숙이었다. 통화버튼으로 손을 가져간 준석은 수아의 방에서 빠져나와 휴대폰을 귀에 가져갔다.

“수아야, 엄마. 자고 있었니? 전화를 왜 이렇게 늦게 받아.”

미숙의 짜증 섞인 말투가 준석의 귓가에 맴돌았다. 상황 파악이 힘들어 한숨이 절로 나왔다. 그의 깊은 한숨을 단번에 알아차린 미숙이 친근한 말투로 말을 걸었다.

“어? 오빠야. 오랜만이네. 잘 지내고 있었지?”

미숙의 뻔뻔한 말과 말투가 준석의 속을 파헤치고 있었다. 미숙을 다시 볼 일이 없다는 안도감이 무너져 내리고 있었다. 과거 준석은 불안한 마음으로 아이를 키워야 했다. 아이를 엄마에게 맡기지 못하는 준석을 아무도 이해해 주지 못했다. 홀로 외로운 그 시간을 견뎌야 했다.

"수아 전화번호 어떻게 알았어." 준석은 한기를 가득 실어서 말하고 있었다.

"네가 늦게 전화해서 무례하게 느낄 수 있어. 하지만 딸한테 전화도 못 해?"

미숙이 기막히다는 듯 전화를 끊어버렸다. 통화가 끊기며 준석의 심장은 걷잡을 수 없는 염증을 느끼고 있었다. 다음 날 아침 수아는 학교 갈 준비를 하는 동안 아빠의 눈치를 살폈다. 평상시와 달려진 집안 분위기와 아빠의 태도가 수아를 주눅 들게 했다. 밤새 고민에 가라앉은 준석의 입이 조심스럽게 열렸다.

"수아야. 혹시 엄마한테 전화 왔었어? "

"아니. 연락 안 왔어."

수아는 놀라며 두 손을 미세하게 떨고 있었다. 준석은 먼 곳을 바라보며 깊은 한숨을 내쉬었다. 그의 모습을 지켜보던 수아는 망설이고 있었다. 한없이 따뜻한 아빠가 있어도 엄마가 그리울 나이였다. 준석은 제대로 표현 못 하고 수아를 피해 나왔다. 힘들게 찾은 그의 행복을 망치게 두고 볼 수 없었다.

아침 일찍 출근한 준석은 급한 업무를 처리하고 연차를 냈다. 준석은 회사를 나와 미숙의 집으로 향했다. 출발하며 미숙에게 전화를 걸었지만 받지 않았다. 미숙은 결혼 생활 내내 새벽에 잠이 들어 해가 중천에 떠야 일어났다. 준석이 미숙의 집에 도착해서 다시 전화를 걸었다. 그때가 정오가 넘은 시간이었다. 목이 잠겨서 쉰 목소리로 전화를 받은 미숙은 용건이 남았냐는 듯 전화를 받았다.
"아… 지금 몇 시인데… 전화질이야."
"발라 앞이야. 잠깐 얘기 좀 해."
감정을 최대한 누르고 대답했다. 문제를 해결하고 싶은 마음이 컸던 준석은 감정을 잠시 내려놓기로 했다.
"큰길 모퉁이 카페에서 기다리고 있을게. 거기로 나와."
준석은 통화를 끊고 카페로 걸어가고 있었다. 큰길까지 걷던 준석의 눈에 주변 풍경이 눈에 들어왔다. 예전 퇴근길에 걷던 골목도 낯설게 느껴졌다. 이곳에 살 때는 주변을 둘러볼 여유조차 허락되지 않았다. 출근해서도 수아를 걱정했다. 준석에게 여유가 생기자, 풍경이 눈에 들어왔다.
한참 동안 기다린 끝에 미숙이 카페의 문을 열고 들어왔다. 카페를 둘러보며 준석을 찾던 그녀는 빠르게 걸어와 테이블에 앉았다. 준석은 다 식은 커피를 마시고 있었다. 미숙에게 커피 마시겠냐고 물어본 준석은 커피를 주문하러 일어섰다. 커피를 주문하고 찾아오는 동안 그녀는 의자에 양털러그처럼 기대앉아 있었다. 그녀에게 싸구려 향수와 술 냄새가 뒤엉켜 있었다.
"수아 일 때문에 왔어."
아이스 아메리카노를 해장하듯 단숨에 마시는 미숙을 한심하게 바라보았다. 이 여자가 내 아이의 엄마라는 사실이 실로 부끄러울 지경이었다. 문제를 해결하고 싶은 마음에 급하게 찾아왔다는 것을 잊고 있었다. 준석의 눈빛을 알아차린 미숙은 쏘아보듯 그를 향해 째려보았다.
"커피 한 잔 사주고, 잘난 척하는 거야. 아니면 내가 딱해 보여서 그래?"
미숙은 예전보다 더 날카롭고 사나워 보였다. 그녀의 눈동자는 풀려 있었고 화로 가득했다.
"수아 전화번호 어떻게 알았어? 그리고 수아한테 전화해서 뭐라고 한 거야. 이제 적응해서 잘 지내고 있는데, 왜 전화해서 힘들게 하는데…"

준석은 그녀에게 말려들고 싶지 않았다. 그는 본론만 간단히 말했다. 그리고 지난날의 소심한 복수도 담겨 있었다. 미숙은 준석이 문제를 지적할 때마다 화를 내거나 비명을 질렀다. 평소와 다르게 미숙은 그의 말을 끊거나 화를 내지 않았다.

"수아 전화번호? 학교에 전화해서 물어봤지. 근데 뭐 학생에게 보호 어쩌고 하면서 안 알려 주는 거야. 그래서 내가 학교를 찾아가 수아네 반 친구들한테 물어봤어. 얘들이 하나같이 착하게 알려 주더라. 웃기지."

그녀는 준석을 비웃듯 말하며 웃어대었다. 준석의 등에서 식은땀이 흐르고 있었다. 미숙은 누군가를 자기 뜻대로 하고 싶어했다. 그리고 그녀의 냉소적인 태도가 가끔 무섭기까지 했다. 준석은 그녀를 잘 알고 있었다.

"우리 앞에 더 이상 나타나지 않았으면 좋겠어. 네가 원하는 대로 빌라도 줬잖아. 수아 잘 지내고 있어. 그러니까 제발 연락하지 마!"

호기롭게 왔던 준석은 사라지고 없었다. 미숙은 흥미롭다는 듯 쳐다보며 미소를 짓고 있었다. 커피잔만 물끄러미 바라보는 준석을 깨우듯 미숙이 웃음을 터트렸다.

"크크큭. 누가 보면 내가 오빠 괴롭히는 줄 알겠다. 난 수아가 잘 지내는지 궁금했어. 그리고 수아는 힘들다고 말하던데, 어머니가 화내는 동영상 보내줘서 봤어. 오빠 어머니는 수아가 예쁘게 보이지 않나 봐! 오빠 출장 가면 수아 나한테 보내도 되는데, 나이 든 어머니보다 내가 낫지 않겠어?"

미숙은 노골적으로 말을 이어갔다. 준석이 노모를 힘들게 하는 것과 수아가 힘들어하고 있다는 내용을 강조하고 있었다. 준석은 미숙이 무언가 바란다는 것을 직감할 수 있었다. 더 이상 말을 듣고 싶지 않아서 자리를 뜨려는 그를 잡은 것은 미숙이었다.

"오빠. 왜 이렇게 감정적이야. 수아도 볼 겸 내가 맡아서 보면 좋잖아. 그리고 수아 우리 집에 와있는 동안 오빠가 수고비 챙겨 주면 나도 좋고. 어차피 어머니한테 나갈 돈이잖아. ."

준석은 기가 막혀 말이 안 나왔다. 그는 곧장 카페를 나왔다. 그리고 수아 학교로 서둘러 발걸음을 재촉했다. 학교에 도착한 준석은 학교 운동장을 멍하니 바라보고 서 있을 뿐이었다. 아침에 수아와 서먹했던 자신의 태도에 당황하는 아이의 모습이 떠올랐다. 그는 얼굴에 두 손으로 마른세수하며 생각을 정리하고 있었다.

정겨운 종소리가 울려 퍼지며 알록달록 책가방을 둘러맨 아이들이 줄지어 나왔다. 수아의 보라색 가방이 나타나기를 기다렸다. 한참 뒤 그의 시선 끝에 보라색 가방이 보였다. 학교 운동장 그늘에 앉아 있는 수아가 보였다. 반가운 마음에 운동장을 걷던 그를 향해 경비원 아저씨가 손을 흔들며 나오라고 제지하고 있었다. 준석은 이런 상황이 익숙하지 않았다. 일단 경비원 아저씨 쪽으로 다가갔다.

"아버님, 운동장으로 들어오시면 안 됩니다."

"네, 저기 우리 딸이 앉아 있어서요. 같이 가려고 기다리고 있었거든요."

"원래 이러면 안 되는데, 빨리 대리고 운동장 밖으로 나가주세요."

경비원 아저씨는 다른 아이들을 매의 눈으로 지켜보며 빠른 걸음으로 자신의 자리로 돌아갔다. 수아는 물에 젖은 인형처럼 어깨가 축 늘어져 있었다. 그 모습을 보자 준석의 가슴이 아려왔다.

"수아야. 여기서 뭐 하고 앉아 있어."

놀란 토끼 눈으로 아빠를 바라보는 수아가 반가운 듯 웃어 보였다. 준석은 서먹했던 감정을 날려 버리듯 수아의 손을 잡고 운동장을 뛰어서 정문을 빠져나왔다. 학교 정문을 나와서도 한참을 달렸다. 준석은 소싯적 달리기 좀 했었는데 이제는 몸이 따라주지 않았다. 준석은 숨을 헐떡였다. 뛰면서 고민이 사라졌는지 수아 얼굴에 먹구름이 사라지고 없었다.

"수아야. 아빠는 걱정만 하면서 살아왔어. 아빠처럼 살지 않았으면 좋겠어. 수아가 엄마한테 상처 입을 까봐. 아빠는 두려웠던 것 같아."

준석은 숨을 돌리고 하늘을 올려다보며 이야기했다. 그는 바빠서 수아를 잘 돌보지 못했다. 한심한 자신을 돌아보게 되었다. 수아에게 고해성사 하듯 진심을 털어놓았다. 매사 진지한 아빠를 잘 아는 딸이었다. 수아는 아빠에게 다가가 어깨를 주물러 주었다.

"아빠. 실은 나 거짓말했어. 엄마한테 전화 왔었어. 엄마가 잘 지내냐고 물어봤어."

준석은 수아 말 속에서 엄마의 그리움을 느낄 수 있었다. 이혼하면서 말없이 참으라고 강요하고 있었다. 수아에게 미안한 마음이 커졌다.

"수아야. 아빠 출장 가면 그때 엄마한테 가 있어도 좋아. 단, 아빠한테 무슨 일이 있으면 꼭 연락해야 해. 그러면 보내 줄 수 있어."

뜻밖이라는 듯 행복해하는 아이의 표정이 얼굴에 그대로 드러났다. 준석은 수아가 자신에게 어떤 존재인지 명확히 알게 되었다. 소중해서 어디에 두어도 불안했던 준석의 마음이 확신으로 가득 채워지고 있었다.

준석이 다니는 회사는 해외 시장에 판로가 생기며 바빠졌다. 새로운 구매자를 만나야 했고 가격 결정으로 출장이 잦아졌다. 준석이 출장을 가면 수아는 어머니보다 미숙에게 가서 보내는 시간이 늘었다. 준석은 미숙에게 수아를 맡길 때 섭섭지 않게 돈을 쥐여 주었다. 그때마다 미숙은 나긋나긋 미소를 짓고 수아를 반겨 주었다.

미숙의 집은 엉망이었고 그것을 알면서도 수아를 위해서 준석은 참을 수밖에 없었다. 준석은 수아의 안녕만 걱정하기로 했다. 한동안 수아는 엄마 곁을 찾았지만, 시간이 갈수록 찾는 횟수가 줄었다. 수아가 원할 때 보냈기 때문에 아쉬운 쪽은 미숙이었다. 준석은 섣부른 걱정을 했다는 생각마저 들게 했다.

미숙은 약이 바짝 오른 뱀처럼 수아를 주시하고 있었다. 준석은 출장이 길어지면 보름 정도 걸릴 때도 있었다. 준석이 출장이 길어지는 어느 날 수아는 미숙과 함께 시간을 보내기 위해 미숙의 집으로 왔다. 다른 때와 마찬가지로 준석에게 돈을 받으며 웃던 그녀가 준석이 떠나고 수아와 둘만 남으며 돌변해 버렸다.

수아의 작은 뺨에 귀싸대기를 연신 날렸다. 수아는 영문도 모르고 맞고만 있었다. 미숙은 아직도 성에 차지 않는다는 듯 집안에 굴러다니는 것 중에 때릴 만한 물건을 찾았다. 그런 행동을 지켜보던 수아는 바지에 있는 휴대폰을 찾았다. 아빠의 말이 떠올랐기 때문이다. 하지만 휴대폰을 쥔 손을 미숙이 째려보며 달려들었다. 맹수가 먹잇감을 덮치듯 미숙은 수아의 손에서 억지로 휴대폰을 빼앗아 갔다.

미숙은 거칠게 욕을 내뱉으며 수아를 노려보았다. 수아는 욕의 의미를 알고 있었다. 하지만 살벌하게 욕하는 모습에 당황하며 몸이 떨리고 있었다. 집안의 공기는 얼음창고에 들어와 있는 기분이 들었다. 수아는 이 상황을 어떻게 받아들여야 할지 모르고 있었다.

"엄마. 무섭게 왜 이래."

말이 끝나기 무섭게 미숙의 손이 수아의 뺨을 찾아 때렸다. 손바닥 힘이 강해서 수아의 몸이 반쯤 꺾여 버렸다. 작은 몸은 반사적으로 몸을 공처럼 말았고 움직이지 않았다. 그 위로 성난 발길질이 이어졌다. 수아를 향한 구타는 두어 시간이 지나며 끝났다. 잠을 자듯 수아는 움직임이 없었다. 정신을 잃고 쓰러진 수아를 안방으로 끌고 들어가 눕혔다. 그리고 미숙은 안방 문을 닫고 밖에서 못 질을 하고 있었다.

철물점에서 사다 놓은 자물쇠를 문에 설치하고 있었다. 문에 못 박는 소리가 거실을 울렸다. 둔탁한 소리가 멈추며 자물쇠를 잠그는 미숙의 손길이 능숙했다. 외출 준비를 마친 미숙은 현관문을 나섰다. 화려한 화장과 옷을 입고 가벼운 걸음으로 어두운 골목을 걷고 있었다. 네온사인이 번쩍이고 젊은 사람들이 활기찬 분위기의 거리였다. 그녀는 걸음을 멈추어 지하로 통하는 노래방으로 들어갔다.

수아는 실눈을 뜨고 방안을 살펴보았다. 방의 천장이 높았고 어두웠다. 벽지는 밖에서 들어오는 불빛이 그림자를 만들고 있었다. 정신을 차린 수아는 몸을 일으키려고 했다. 그러나 생각대로 일어날 수 없었다. 다리와 손은 헝겊으로 결박되어 있었고 입안 가득 수건이 들어와 있었다. 악몽을 꾸는 것보다 더 무서운 공포를 느껴야 했다.

출장 중에 준석은 수아에게 톡을 보냈다. 해외 출장이다 보니 시차가 있었지만, 준석은 습관적으로 수아를 챙겼다. 한국은 저녁이라 톡이 바로 오지 않아도 준석은 이해할 수 있었다. 그는 일을 정리하며 수아의 톡을 내심 기다렸다. 시간이 흐르며 초조한 준석의 마음을 알기나 한 듯 답장이 왔다. 준석은 출장에 집중할 수 있었다.

새벽이슬을 맞으며 돌아오는 미숙의 발걸음이 비틀거렸다. 빌라에 도착해 계단 난간을 부여잡고 힘겹게 내려가고 있었다. 그녀의 뒷모습을 지켜보는 위층 아줌마는 혀를 끌끌 찼다. 그리고 미숙의 뒤통수로 비난이 쏟아졌다.

"요즘 어째 뜸하다 했다. 입구에 토악질 또 하기만 해봐. 가만히 안 둘 거야."

위층 아줌마는 문을 거칠게 닫고 들어가 버렸다. 미숙이 간섭하는 위층 아줌마를 향해 손을 들어 중지를 빼서 치켜올렸다. 문을 여는 힘조차 사라지고 있었다. 문이 열리자 감당하기 힘든 몸뚱이를 집 안으로 밀어 넣고 있었다. 거실과 부엌의 경계가 모호한 바닥에 드러누워서 잠에 빠져들었다. 수아는 문이 열리는 소리에 흠칫 놀랐다. 문이 닫히고 거대한 물체가 바닥으로 곤두박질치듯 요란한 소리가 났다. 그리고 고요한 숲처럼 조용히 한기가 찾아왔다.

미숙은 겨울잠을 자고 일어난 곰처럼 기지개를 켰다. 그리고 안방의 문을 열어 보았다. 수아는 그녀가 두었던 그 자리에서 움직이지 않고 그대로 있었다. 수아에게 다가가 아이를 살피던 눈이 동그랗게 되어 버렸다. 식은땀과 열이 펄펄 끓고 있었다. 난감한 표정을 짓던 미숙의 머리 위로 수아를 보낼 때 같이 보낸 상비약이 생각났다. 수아의 짐 가방을 뒤적이다 약상자가 눈에 들어왔다. 그 안에는 연고, 밴드, 해열제, 감기약 여러 종류의 약들이 잘 정리되어 있었다.

해열제와 물을 들고 들어온 미숙은 결박한 헝겊을 풀었다. 그리고 수아의 입을 벌려 해열제와 물을 밀어 넣었다. 뜨겁던 몸은 서서히 식어갔고 숨도 편해지고 있었다.

아침 햇살이 밝아오며 수아는 정신을 차릴 수 있었다. 하지만 수아의 몸은 구석구석 안 아픈 곳이 없었다. 방문을 열고 들어오는 미숙을 보면서 수아는 숨을 죽였다. 그리고 그녀의 시선을 피해서 도망치고 싶었다. 미숙은 귀찮다는 듯 사 온 죽을 침대 위로 던졌다. 그리고 방을 나가려다 뒤돌아보며 수아에게 차갑게 말을 던지고 있었다.

“조용히 있다가 돌아가면, 안 때릴게. 그리고 아빠한테는 비밀로 해. 알겠어? “

수아는 고개만 끄덕이고 있었다. 그리고 미숙이 나가기만 기다렸다. 나간 것을 확인하며 봉투에 들어있는 죽을 허겁지겁 먹었다. 죽을 다 먹어갈 때쯤 미숙은 물과 약을 들고 들어왔다. 감기약은 먹어야 할 기준보다 양이 많았다. 약을 먹은 수아는 깊은 잠에 빠져들어 갔다. 미숙은 수아를 돌보는 일이 수월해졌다고 느꼈다. 저녁노을이 지며 미숙은 외출 준비에 바빠졌다. 그녀는 정성스럽게 화장하며 콧노래를 불렀다.

준석이 출장을 끝내고 귀국하는 길이었다. 그는 수아를 만날 생각에 들떠 있었다. 미숙에게 미리 연락해서 도착 시간을 알려줬다. 준석이 빌라에 도착할 때쯤 입구에 서 있는 수아와 미숙을 발견했다. 수아는 아빠를 볼 수 있게 되었다는 기쁨의 눈물을 꾹 참고 있었다. 준석의 눈에는 수아만 보였다. 수아를 데리고 가려는 준석에게 미숙이 말을 꺼냈다.

"수아가 놀이터에서 놀다가 조금 다쳤어. 팔, 다리에 멍이 보일지도 몰라."

준석은 미숙을 노려보며 수아의 소매를 걷고 팔을 유심히 들여 보았다. 수아의 미세한 떨림이 준석에게 전해졌다.

"아빠, 미안해. 내가 미끄럼틀 지붕에 올라가서 놀다가 떨어졌어."

준석은 수아가 힘들게 말하고 있다는 것을 알아차렸다. 준석은 수아를 데리고 서둘러 그 자리를 떠났다. 그리고 집에 돌아와 수아에게 재차 확인했다.

"수아야. 혹시 아빠한테 말 못 한 건 없어?"

준석은 수아의 안색을 살피며 물어보았다. 굳게 닫힌 수아의 입술은 열리지 않았다. 수아는 피곤하다며 자신의 방에 들어가 잠을 청했다. 출장에서 돌아온 준석도 피로감이 몰려와 깊은 잠에 빠져들었다. 한밤중 여자 비명에 준석이 화들짝 놀라서 일어났다. 비명은 수아가 꿈을 꾸며 내지르는 소리였다. 준석은 악몽에서 딸을 건져 올리듯 수아를 필사적으로 깨웠다.

한동안 수아는 악몽을 자주 꾸며 비명을 질렀다. 준석은 수아를 데리고 병원을 찾았다. 정신의학 전문병원으로 원장 선생님이 방송에도 나오며 유명한 곳이었다. 수아는 병원에 들어서면서 초조하고 불안해 보였다. 뭔가를 들키면 안 될 것 같은 태도로 병원에 가는 것을 싫어했다. 준석은 수아를 어르고 달래면서 병원 문턱을 겨우 넘을 수 있었다.

수아는 진료 차례를 기다리고 있었다. 그때 준석의 휴대폰 전화벨이 울리고 있었다. 준석은 병원 복도에서 전화를 받고 있었다. 수아는 준석이 통화를 하는 틈을 타서 병원을 빠져나갔다. 미숙에게 구타당한 것을 준석이 알게 될까 봐 두려웠다. 준석이 알게 된다면 미숙을 가만두지 않으려고 할 것이다. 수아는 목줄에 매인 강아지처럼 미숙에게 끌려다니고 있었다.

준석은 통화를 끊고 수아가 앉아있던 자리를 살폈다. 빈 소파만 눈에 들어왔다. 수아를 찾아 병원 구석구석 돌아다녔다. 사라진 수아를 찾기 위해 밖으로 나왔다. 건물 옆 인도에 쭈그리고 앉아 있는 수아를 발견했다. 준석은 달려가 수아를 자신의 품으로 끌어당겨 안았다. 수아의 행동이 이해되지 않았지만, 병원에 가는 것은 포기하고 집으로 돌아왔다.

수아는 평소보다 말수가 적어졌다. 준석은 밝게 웃어주던 수아가 그리웠다. 수아는 미숙을 정기적으로 찾았다. 그리고 돌아와서 말없이 잠만 잤다. 수아는 종업식을 하고 겨울 방학을 갖게 되었다. 한 해가 바쁘게 흘러가던 준석에게 해외 법인 관리 요청이 들어왔다. 내년에 해외에 지사를 키우려는 사장의 야심이 반영된 결정이었다. 해외 법인으로 나가 있는 동안 회사에서 집과 차를 제공해 주기로 했다. 그리고 수아를 데리고 같이 떠날 수 있었다.

준석은 수아를 데리고 한국을 떠나고 싶어졌다. 잦은 출장에 힘들어하는 수아를 도저히 더 지켜볼 수 없었다. 해외 법인 발령이 아니었다면 준석은 이직하려고 고민하고 있었을 것이다. 방에서 잘 나오지 않는 수아는 휴대폰이 아닌 방 속 세상에서 살아가고 있었다. 준석은 수아의 방문을 조심히 열고는 수아를 불렀다.

"수아야. 아빠 들어가도 될까?"

수아는 아무런 표정 없이 고개를 끄덕였다. 책을 보고 있던 수아는 고개가 자연스럽게 책으로 옮겨졌다.

"수아야. 우리 해외 가서 살까?"

준석은 조심스럽게 말을 꺼냈다. 책을 쫓던 수아는 눈이 준석을 바라보고 있었다.

"그럼. 엄마는 못 만나?"

수아의 표정은 변화가 없었다. 불안함이 전혀 담기지 않은 물음이었다.

"응. 해외에 가 있는 동안 엄마는 못 보게 될 것 같아. 그래도 괜찮겠어?"

준석은 다시 물어보며 확인을 받아내고 싶었다. 수아는 엷은 웃음을 지어 보였다. 뜻밖의 반응에 준석은 당황스러웠지만 기분은 좋았다. 해외로 떠나는 것에 수아가 긍정적인 태도를 보였다. 짧지만 오랜만에 웃어준 수아에게 고마운 마음이 들었다. 그리고 수아와 해외로 떠날 생각에 기쁨을 감추지 못했다. 준석에게는 업무 인수인계가 먼저 정리되어야 했다. 당분간 바빠질 것을 생각하니 머리가 지끈거리기 시작했다.

준석은 인수인계해 주는 기간이 일 년처럼 길게 느껴졌다. 사장은 준석을 엄청 부려 먹고 있었다. 준석은 인수인계하면서 업무량을 알게 되었다. 준석이 인수인계에 힘을 빼고 있을 때 미숙은 헛된 욕망을 키우고 있었다.

준석은 인수인계가 끝나면 개인 업무를 처리해야 했다. 그래서 귀가가 점점 늦어지고 있었다. 그날도 평소와 다른 건 없었다. 사무실 직원들은 퇴근 시간이 되자 한 명씩 빠져나가고 있었다. 오랜만에 서둘러 퇴근하기로 마음먹었다. 요 며칠 수아 얼굴을 제대로 보지 못해서 마음에 걸렸다. 수아를 보기 위해 준석의 발걸음은 빨라졌다. 어둑해진 저녁 자기 집 앞에 사람의 실루엣이 준석의 눈에 들어왔다.

"너 엄마 말 명심해. 아빠한테 말 잘해. 알겠어."

여자의 다그치는 말투에는 명령이 잔뜩 실려 있었다. 그리고 그 옆에 상체가 아래로 축 늘어진 그림자가 아스팔트 위로 보였다. 준석의 몸이 자동으로 뒷걸음질 치고 있었다. 준석은 자기 세포들이 경계하고 있음을 알게 되었다. 여자의 목소리와 행동은 분명 미숙을 암시하고 있었다. 그리고 그림자의 주인이 수아인 것을 알아차린 순간이었다. 준석은 일단 모르는 척하기로 했다. 도대체 수아에게 무엇을 강요했는지 알아내야만 했다.

수아를 다그치던 실루엣은 어두운 골목으로 사라졌다. 바닥에 시선을 고정한 수아는 떨고 있었다. 수아의 팔과 다리가 고장 난 로봇처럼 따로 움직이고 있었다. 한참을, 방향을 잡던 수아는 집으로 들어가고 있었다. 그 뒤를 준석이 따라 들어가며 수아를 불렀다.

"수아야. 왜? 나와 있었어. 아빠 기다린 거야?"

준석은 최대한 밝은 표정으로 수아의 얼굴을 살폈다. 수아는 준석을 보며 무언가 숨기려다 들킨 사람처럼 놀라며 준석을 올려다보고 있었다. 그 모습을 물끄러미 보던 준석이 말을 이었다.

"우리 골라 먹는 아이스크림 먹으러 갈까? 아빠가 수아 보고 싶어서 일찍 퇴근했어. 수아야 아빠랑 놀아주라."

아빠의 애교에 넘어간 수아는 고사리 같은 손을 준석에게 내밀었다. 준석은 그 손을 절대 놓지 않으려는 듯 꼭 쥐고 걸었다. 말없이 걸으며 수아의 눈치를 살피고 있었다. 핑크색 간판 아래로 큰 숟가락이 보이자, 수아는 안심이 되는 듯 보였다. 둘은 아이스크림 가게에 들어갔다. 준석은 아이스크림을 몽땅 사주겠다는 듯 지갑을 활짝 열어 보였다. 수아는 철없는 아빠의 행동에 고개를 절레절레 흔들었다. 둘은 사이좋게 형형색색의 아이스크림을 한 통에 골라 담았다.

매장에는 사람이 없어서 조용했다. 둘은 창가에 앉아서 머리를 맞대고 아이스크림을 먹었다. 준석의 바쁜 손놀림을 유심히 지켜보던 수아가 말을 걸어왔다.

"아빠. 우리 해외로 떠나는 거. 엄마가 알고 있어."

수아의 목소리는 어린아이 같지 않게 낮게 깔려 있었다. 준석은 아무

것도 모른다는 척 반응 없이 수아를 쳐다보았다.

"그래? 그래서…"

준석은 미숙의 내막을 전부 알아낼 심산이었다. 그의 표정을 살피던 수아가 말을 이어받았다.

"해외 가면 나 돌봐 줄 사람 있어? 아빠 회사 가면 나 혼자 무서울 것 같아. 그래서 엄마도 같이 가면 안 돼?"

준석의 뇌가 바쁘게 돌아가고 있었다. 이제야 미숙의 계획이 무엇인지 알게 되었다. 그러나 수아의 감정을 먼저 살펴야 하는 그는 머릿속이 뒤엉켜 버리는 기분이었다. 수아는 모든 걸 감당하며 숨기고 있었다. 준석은 그 자리에서 울고 싶은 심정이었다. 수아와 미숙을 떼어 놓으려고 했던 그의 처음 생각이 맞았다. 미숙은 절대 변할 수 없는 인간이었다. 엄마라는 명목으로 준석과 수아를 이용하고 있었다.

"수아야. 우리 둘만 갈 거야. 엄마는 여기서 살아야지. 수아가 걱정하는 부분 아빠도 알아. 널 돌봐 줄 사람 찾아볼게. 걱정하지 마."

준석의 말에는 확신이 담겨 있었다. 수아는 더는 말할 수가 없었다. 미숙이 알면 손부터 나올 게 뻔했다. 하지만 수아는 내심 안 된다고 말해 주길 바랐다. 수아는 한국에 있는 동안만 참기로 했다. 아이스크림이 가득 담겨있던 통은 순식간에 비워졌다. 아이스크림 가게에 아쉬움을 남기고 집으로 향했다.

집에 도착해 수아를 먼저 재웠다. 잠이 든 것을 확인한 준석은 수아의 휴대폰을 들고 거실로 나왔다. 미숙과 수아의 대화 기록을 살펴보고 있었다. 평소 수아는 다른 사람이 자신의 휴대폰을 쳐다보지도 못하게 했다. 증거를 찾는 탐정처럼 그는 수아와 미숙이 무슨 일이 있었는지 찾아야만 했다.

문자와 톡을 살펴보던 준석의 눈이 미세하게 찌그러져 있었다. 미숙은 이유 모를 당당한 말투로 수아에게 지시하고 있었다. 수아는 '네, 알겠습니다.' 두 단어만 번갈아 사용하고 있었다. 미숙의 요구 내용을 읽어 내려가고 있던 준석은 충격에 휩싸이고 말았다. 수아를 꾸준히 구타하고 있었다는 것을 짐작할 수 있었다. 자신이 출장이 길어질 때 구타와 학대가 이뤄지고 있었다.

밝게 빛나는 휴대폰 액정 위로 물방울이 뚝뚝 떨어지고 있었다. 그의 삶은 미숙을 만나면서 서서히 꼬여가고 있었다. 수아 옆에서 미숙을 떼어 놓아야만 했다. 풀기 힘든 수학 문제 맞닥뜨린 기분이었다. 준석은 이혼하면 모든 문제가 해결될 거라고 믿었다. 하지만 해결된 건 하나도 없었다. 수아와 준석은 아직도 고통의 늪에서 벗어나지 못하고 있었다. 이혼하면서 변호사 명함을 받아 두었던 것을 기억해 냈다. 그때는 돈이 없어서 변호사를 고용 못 해지만 지금은 달랐다.

준석은 거실에서 깜박 잠이 들었다. 창밖에서 까치 우는 소리에 눈을 떴다. 수아는 학교 갈 준비를 마치고 무언가를 열심히 찾고 있었다. 준석은 영혼 없는 눈으로 수아가 움직이는 대로 따라가고 있었다.

"아빠. 네 휴대폰 못 봤어?"

준석은 그때야 어젯밤 일이 떠올랐다. 그는 수아를 살피며 휴대폰을 거실의 한쪽 구석으로 밀어 버렸다. 수아는 절대 포기할 수 없다는 표정으로 준석에게 다가왔다.

"아빠 휴대폰 좀 줘봐. 전화해 보게."

준석은 수아에게 손짓으로 휴대폰 있는 방향을 가리켰다. 그의 휴대폰은 충전 중이었다. 수아는 아빠의 휴대폰으로 전화번호를 누르고 통화 버튼을 눌렀다. 수아의 휴대폰은 구석진 곳에서 울리고 있었다. 휴대폰이 왜 거기에 있는지 이해할 수 없다는 표정을 지었다. 수아는 촉을 세워 아빠를 향해 의미심장한 눈빛을 보냈다. 준석은 수아의 눈치를 보며 기지개를 켜고 화장실로 도망갔다. 수아는 언제 신발장으로 갔는지 운동화를 신으며 아빠한테 인사하고 나갔다.

준석은 수습해야 할 일들이 많았다. 일단 회사에 들어가 인수인계를 마무리했다. 그리고 휴가를 내서 변호사를 찾아갔다. 변호사는 이혼소송에 유능함을 준석에게 어필했다. 그리고 사건을 검토해 보고 연락을 주겠다고 말했다. 간단하게 끝낼 수 있다는 사실에 이질감을 느꼈다. 돈이 없을 때 준석은 마음고생이 심했었다.

준석은 수아 담임 선생님께 연락을 드렸다. 수아의 상황을 자세히 설명했다. 당분간 지방에 있는 준석의 집으로 수아를 보내고 싶다는 내용도 빠짐없이 전달해 드렸다. 선생님은 잘 이해했다는 듯 그쪽 학교에 공문을 보내 주기로 했다. 그리고 수아가 긴 옷으로 신체 일부를 가리려고 노력해 왔다는 것을 이야기해 주셨다. 좀 더 지켜보다 아버님께 연락하려고 했다는 것이다. 준석의 연락을 받고 무슨 일이 생겼구나, 짐작했다고 덧붙이셨다.

학교를 나오는 걸음은 점점 무거워졌다. 준석은 수아 가까이 있었던 사람이었다. 가장 늦게 알아버린 것이 부끄러웠다. 준석은 서둘러 수아를 지방에 계신 부모님 댁으로 데리고 갈 예정이었다. 준석은 부모님을 찾아 뵙고 이야기해 드리기로 마음먹었다. 자신의 선택이 잘 못 되었다는 것을 처음으로 인정하는 꼴이 되었다. 그의 부모님은 미숙을 처음부터 탐탁스럽지 않아 하셨다.

학교에서 돌아온 수아는 영문도 모른 채 준석과 기차역으로 갔다. 수아의 짐 가방은 가벼웠다. 해외로 출국하는 날까지 얼마 안 남은 이유이기도 했다. 준석은 그때까지만 수아를 보호해 줄 곳이 필요했다. 고향에 도착해 주위를 돌아볼 여유도 없이 서둘러 택시에 올랐다. 해가 저물어 가는 도시 안쪽으로 달리고 있었다.

택시가 도착하자 사방이 어두컴컴했다. 준석의 어머니는 마중 나와 계셨다. 택시가 도착해서 준석이 내리고 수아가 그 뒤를 따라 내렸다. 어머니는 수아를 챙겨 말없이 들어가셨다. 준석도 짐 가방을 챙겨 따라 갔다. 그날 저녁 준석은 부모님께 수아의 상황을 자세히 알렸다. 그의 아버지는 기가 막힌 듯 혀를 끌끌 차셨다. 어머니는 그럴 줄 알았다는 얼굴로 미숙을 비난했다.

준석은 그날 밤, 잠이 오지 않았다. 수아를 안전한 장소에 맡기는 것에 정신이 팔려 회사 일을 생각하지 못하고 있었다. 해외 법인으로 출국하는 준비가 남아 있었다. 수아의 여권과 한인 학교를 알아봐야 했다. 준석은 내일 수아와 여권 사진을 찍으러 가야 했다. 그리고 서울로 올라가 떠날 준비를 해야만 했다.

준석이 눈을 떴을 땐 수아와 부모님이 아침을 먹고 있었다. 준석의 어머니는 아들이 자는 것을 깨우지 않았다. 씻고 나온 준석은 자신의 자리에 앉았다. 준석의 가족은 밥상에 둘러앉아 밥을 먹었다. 이것이 행복인 줄 새삼 깨달았다. 동네 낡은 사진관을 찾아 수아의 여권 사진을 찍었다. 그리고 수아가 좋아하는 간식을 잔뜩 사서 돌아왔다. 수아를 부모님께 맡기고 준석은 서울로 올라가야 했다.

수아는 당분간 여기서 학교에 다녀야 했다. 몇 달만 다니면 해외로 출국하게 될 것이었다. 학교는 할머니가 같이 가주기로 했다. 수아는 학교 갈 책가방을 정리 해 놓고 간식을 챙겨 마당으로 나왔다. 준석의 부모님은 비탈진 주택단지에서 한평생을 사셨다. 그 동네를 떠나지 못하는 이유는 이웃 주민들과 정이 들어서였다. 허름하고 좁은 길은 준석이 어릴 적 놀던 추억의 장소였다. 그곳은 수아도 좋아하는 곳이 되어버렸다.

수아는 빈 골목을 바라보며 과자를 반쯤 비워가고 있었다. 그런데 골목 끝에서 어떤 여자가 수아를 향해 걸어오고 있었다. 여자의 모습이 가까워지면서 수아는 먹던 과자 봉지를 떨어뜨리고 말았다. 그 여자는 바로 미숙이었다. 미숙은 성난 맹수처럼 달려들었다. 도망가려는 수아의 팔을 거칠게 끌고 골목길을 빠져나가고 있었다.

수아는 안간힘을 다해서 도망치려고 발버둥을 쳤다. 하지만 미숙은 절대 놓아 주지 않겠다는 듯 매섭게 수아를 노려보았다. 그 시선은 주변을 모두 얼려버릴 것 같이 차가웠다. 수아는 순간 얼어서 아무런 저항도 하지 못하게 되었다. 수아는 팔이 저려 올 정도로 압박해 오는 통증을 느끼며 끌려가고 있었다. 한참을 걸어 내려가 택시에 오른 두 사람은 외딴 마을에 내릴 수 있었다. 그곳은 옛날의 화려함을 다 잃어버린 듯 폐허가 된 집들이 많이 보였다.

미숙은 그 길에 익숙하다는 듯 수아를 끌고 마을 가장자리 집에 도착했다. 그 집은 쓰레기 더미 위에 지어진 집 같아 보였다. 집 안으로 끌려가는데 파리와 역겨운 냄새가 수아를 반겨주고 있었다. 미숙은 절대 놓지 않을 것 같은 수아의 팔을 한쪽 구석으로 팽개쳤다. 수아의 팔은 욱신거릴 틈도 없이 공포에 온몸을 떨어야만 했다.

"너 엄마가 뭐랬어. 잘 얘기하라고 했지. 근데 이게 무슨 상황일까?"

미숙의 빈정거리는 말투에 살기가 피어나고 있었다. 주변을 살피던 그녀의 눈으로 긴 나무 막대기가 들어왔다. 막대기가 천장 높이 솟았다가 수아의 몸으로 달려들었다. 수아는 피할 사이도 없이 받아내야 했다. 그 막대기가 부러질 정도로 방망이질하던 미숙의 손 위로 피가 튀기고 있었다. 미숙은 더럽다는 듯 막대기를 던져 버렸다. 그 피는 수아의 것이었다. 막대기 중간에 녹이 슬어버린 못이 박혀 있었다. 미숙은 성질이 다 풀지 못했다는 듯 수아의 머리를 발로 밟고 때렸다.

"넌 나한테 떠날 수 없어. 알잖아. 죽여버리고 싶은데 어떻게 하지?"

미숙의 섬뜩한 말은 수아 마음 깊이 곤두박질쳤다. 수아는 희망을 잃고 작은 눈을 감아버렸다. 수아가 의식이 없다는 것을 확인한 그녀는 밖으로 나와 시내로 향했다. 날이 어둑해지는 골목에서 노부부가 수아를 찾아 다녔다. 그들을 지켜본 이웃 주민이 어린아이가 어떤 여자한테 끌려가는 것을 보았다고 말해 주었다. 준석의 어머니는 심상치 않은 낌새를 눈치 채셨다. 그리고 곧바로 준석에게 전화를 걸어 상황 설명을 했다. 연락을 받은 준석은 그 자리에서 주저앉고 말았다.

준석은 다급하게 고향으로 내려가며 경찰에 신고했다. 그리고 미숙에게 전화를 걸었다. 그는 미숙이 수아를 데려갔다고 확신하고 있었다. 미숙의 전화는 꺼져있었다. 준석이 관할 경찰서에 도착하면서 다급하게 담당자를 찾았다. 준석은 미숙에게 소송을 진행하고 있었다. 그것을 확인한 담당 형사는 미숙의 소재지 파악에 서둘렀다. 미숙의 호적지 주소를 파악한 형사는 인근 파출소에 연락했다. 전화를 끊고 다급히 경찰서를 빠져나가는 형사의 뒤를 쫓는 준석이었다.

형사들은 준석에게 집에 돌아가 있을 것을 권했다. 그렇지만 준석은 가만히 앉아서 기다릴 수 없었다. 형사들이 출동한 방향으로 택시를 타고 뒤따랐다. 눈치 빠른 택시 기사님은 추격전을 하듯 경찰차를 바로 이어서 내달렸다. 귀신이 나올 것 같은 폐허 골목에 경찰차 사이렌 불빛이 새어 나오고 있었다. 준석이 타고 있는 택시 뒤로 119 응급차가 사이렌 소리를 내며 다가오고 있었다. 준석은 택시에서 내려 골목을 뛰어 올라갔다.

집 주변을 형사들이 둘러보며 수아를 찾고 있었다. 수아를 찾는 준석의 발길이 다급했다. 구조대가 들것을 가지고 다급히 이동하고 있었다. 한쪽 구석진 곳에서 수아가 들것에 실려 나오고 있었다. 준석의 눈은 심하게 흔들렸고 수아를 향해 걸어가는 발이 휘청거렸다. 119 응급차 침대로 옮겨진 수아를 달려가 끌어안고 싶은 심정이었다. 하지만 그를 모르는 구급대원은 수아와 무슨 관계인지 물어보았다. 준석은 수아가 딸이라고 말하고 있었다. 준석의 머리는 백지장처럼 하얀색으로 물들어 가고 있었다. 그 모습을 지켜보던 형사가 맞는다고 고개를 끄덕여 주었다.

준석을 마지막으로 태우고 응급차는 사이렌을 울리며 병원으로 이동하고 있었다. 준석은 수아의 피 묻은 손을 쥐고 울고 있었다. 수아의 고사리 같은 손에는 아직 따뜻한 온기가 남아 있었다. 그 온기가 준석의 마음을 덥혀주고 있었다.

이 모든 상황을 모르는 미숙은 검은 비닐봉지 들고 폐허를 향해 걸어가고 있었다. 형사들은 촉을 세워 미숙이 다시 돌아올 것이라고 예상했다. 형사들은 골목 사이에 잠복하고 있었다. 미숙이 형사들의 포위망에 들어왔을 때 현장에서 체포되었다. 미숙이 들고 있던 비닐봉지가 땅에 떨어지면서 그 안의 내용물이 바닥에 쏟아졌다. 그 물건의 정체는 청 테이프, 노끈, 김장용 비닐봉지 그리고 무선 전기톱이었다.

[살인자가 보내는 편지 _ 1번째]

준석에게…

잘 지내고 있어? 난 이곳이 맘에 안 들어. 날 감시하고 귀찮게 만드는 일이 많거든.

나는 어려서 얻어맞는 것이 일상이였어. 그러다 안 맞는 날이면 숨을 못 쉴 정도로 불안에 떨어야 했어.

나의 아버지는 네가 10살 되던 그해 엄마를 죽인 살인범이었어. 아버지는 술에 취하면 엄마를 겁탈하고 때렸다고 언니한테 들었어. 언니는 나보다 3살 많아서 나보다 기억을 많이 하고 있었어. 엄마가 우리를 버리고 도망치려고 했어. 그러다 아버지한테 들키게 된 거야.

결국, 화를 참지 못한 아버지가 엄마에게 구타와 성적 학대가 이어졌어. 반복되는 학대는 끝나지 않았어. 그러다 엄마가 숨을 쉬지 않는 것을 확인한 아버지가 어떻게 했는지 알아?

아버지는 싸늘하게 식은 엄마의 신체를 트럭에 싣고 나갔어. 그리고 돌아와서 언니와 나한테 엄마 좋은 곳에 보내 줬다고 얘기하면서 미소를 짓는 거야.

그때부터 언니와 나한테 구타가 상속되었어. 뺨을 시작해서 온몸으로 구타는 이어졌어. 몇 년이 흐르고 엄마의 시체가 발견되면서 아버지가 체포된 거야. 우리는 그때 환호성을 질렀어. 그리고 얼마 후 아버지는 심신미약 상태로 저지른 실수가 두려워서 아내를 유기했다고 밝혔어. 그는 평생 감옥에서 썩을 줄 알았는데, 모범수로 가석방이 되어버린 거야.

나는 살면서 행복해 보는 사람이 제일 싫었어. 그때 오빠를 알게 됐어. 오빠는 웃는 일이 별로 없었어. 그래서 내가 시비를 걸지 않았던 사람 중 한 명이었어. 그런데 오빠가 졸업하면서 서울로 간다는 소문을 들었어. 힘든 학업을 이어가다 결실을 본 오빠가 활짝 웃는 모습을 보게 된 거야. 그때 내가 무슨 생각을 했는지 알아? 난 오빠가 행복해하는 걸 망치고 싶었어. 그리고 이 지옥 같은 곳을 떠야만 했어. 출소한 아버지랑 도저히 같이 살기 싫었거든.

내가 서울로 올라와서 오빠를 찾은 건 그런 이유였어. 그런데 오빠가 날 버리려는 걸 알아차렸어. 내가 얻어맞고 살면서 눈치가 좀 빨랐거든. 그래서 나는 오빠를 붙잡을 계획을 세워야만 했어. 돈도 필요해서 노래방 도우미 나갔다가 거기에서 만난 남자랑 잠자리하고 생긴 게 수아야.

오빠가 죽도록 못 놓는 딸 수아는 오빠의 친딸이 아니야. 오빠는 유전적으로 아빠가 아니라는 거야. 이 사실은 수아도 알아. 그래서 나한테 끌려다닌 거야. 근데 날 버리고 둘이 떠난다고 생각하니까. 내가 화가 나더라. 수아가 오빠한테 뭐라고.

수아가 오빠의 친딸이 아닌데, 오빠는 수아를 사랑으로 키울 수 있을까? 의문이 든다.

나는 글쓰기로 설렌다 출간 기획서

한 지 혜

유튜브 육아공부

초보엄마를 위한 시간절약 육아꿀팁

도서 제목 및 부제 (가칭)

- 유튜브 육아공부 : 초보엄마를 위한 시간절약 육아꿀팁
- 유튜브로 배우는 임신출산육아 : 남매맘이 엄선한 채널 가이드
- 아이 키우는데 유튜브 보면서 도움 많~이 받았습니다 : 육아관련 유튜브 채널 추천

저자 소개

한지혜

문화체육관광부 2023년 대한민국 정책기자단으로 활동 중이다. 글에 경험과 정보를 담아 소통하면서 보람을 느낀다. 2018년에 육아 전문 매거진 베스트베이비, 네이버 맘키즈와 함께 준비한 포스트 스타에디터 시즌3: 8탄 “아이와 나” 육아 노하우 부문 스타에디터에 선정되었다. 네이버 포스트 「애뽕아, 엄마랑 같이 가자」에 적은 수유실 / 문화센터 / 도서관 이용 꿀팁이 best baby 2018년 6월호에 나왔다.

임신, 출산, 육아를 하려니 새롭게 배우고 익혀야 했다. ‘임신출산육아 대백과’와 ‘삐뽀삐뽀 119 소아과’ 책을 천천히 읽어봤었다. 남매를 키워 보니 아들 육아와 딸 육아가 달랐다. 요즘은 육아 정보를 유튜브에서 영상으로 접할 수 있다. 실제로 책 ‘삐뽀삐뽀 119 소아과’의 저자 하정훈 선생님께서 유튜브 채널을 운영하신다. 유튜브에서 혼자 보기에 아까운 육아 정보를 보기좋게 정리해서 나누고 싶다는 생각이 들었다.

인천광역시교육청에서 학부모 저자되기를 지원하는 ‘내 인생의 첫 책 쓰기’ 연수 프로그램에 참여하였다. ‘유튜브’를 주제로 글을 쓰면서 유튜브 채널 ‘인생지애’를 키워가고 있다.

주요 독자

유튜브를 활용해 육아 정보를 얻는,

- 임신출산육아 중인 30대/40대 부모
- 손주를 키우는 60대/70대 조부모
- 임신, 출산, 육아에 관심 있는 20대 미혼

기획의 특징 및 차별성

본 책과 비교할만한 책들

도서 제목	저자	출판사/출간년도	내용(컨셉)
지무비의 유튜브 엑시트	지무비(나현갑)	21세기북스 2023년	영화 유튜브 '지무비'로 월수입 억대 크리에이터가 된 노하우
유튜브 젊은 부자들	김도윤	다산북스 2019년	성공한 23인의 젊은 부자들을 인터뷰한 유튜브 재테크서
김미경의 마흔수업	김미경	어웨이크북스 2023년	40대를 위한 위로와 조언을 담은 성장 매뉴얼

- **[공감] 아이 키우는 엄마의 시선으로 유튜브 활용법을 알려주는 책**

✔ 기존의 유튜브 관련 책들은 주로 크리에이터 위주의 성공 사례를 다루고 있음.

✔ 육아와 유튜브를 결합하여 설명하면서 독자들의 이해와 몰입을 증진함.

✔ 유튜브 플랫폼의 MAU(월간 활성 이용자 수)와 이용시간이 증가 추세임.

✔ 특히 이 책은 유튜브에서 얻을 수 있는 임신, 출산, 육아 정보를 경험자의 입장에서 직관적으로 정리함.

• **[잡지같은 구성] 사진과 영상을 활용하여 낯선 임신, 출산, 육아를 보기 좋게 정리**

✔ 배냇저고리, 기저귀의 종류, 떡뻥 등 육아를 하면서 필요한 내용을 육아 유튜브 채널 콘텐츠와 결합하여 소개.

✔ 소아청소년과 전문의, 육아 전문가가 나오는 유튜브 채널 안내 가이드 포함.

✔ 육아 전체를 다루는 내용(※ 몸무게 중요함)으로 아이의 성장에 따라서 목차 정리.

✔ 임신, 출산에 관련한 내용을 별도의 장으로 비중 있게 다룸.

• **[아날로그 감성] 감성이 담긴 육아관련 손그림 일러스트 삽입**

✔ 아마추어지만 감성이 묻어나는 손그림, 아이패드 드로잉 가능함.

✔ 텍스트와 관련된 일러스트를 부분적으로 배치하여 힐링 포인트 제시.

✔ 구체적으로 육아 관련 유튜브 북마크를 이용하여 정보 공유를 위한 가이드맵 제작.

• **[유튜버 인터뷰] 육아 관련 크리에이터와 인터뷰하여 생생한 정보 제공**

✔ 육아 관련 유튜버의 직업은 의사, 아동심리전문가, 국제모유수유 전문가 등으로 다양함.

✔ 유튜버에게 유튜브 채널의 기획 의도와 영상 활용방법에 대한 의견을 들어 정리함.

✔ 유튜브 채널과 그에 관한 인사이트를 함께 제시하여 독자가 육아 정보를 보다 편리하게 찾아보고 직접 활용할 수 있도록 함.

✔ 다양한 독자 성향과 상황에 맞춰 자신에게 적합한 내용을 택할 수 있도록 다채로운 유튜브 채널을 제시.

Contents

- 주(註)
- 참고 문헌

서문 및 샘플 원고: 다음 페이지에 첨부

Introduction

남매맘이 알려주는 임신/출산/육아 관련 유튜브 활용 꿀팁

친구가 작년에 출산을 했습니다. 올해 초등학생이 된 저의 아이를 낳아서 기를 때 힐링이 되어 주었던 친구입니다. 무언가 도움이 되고 싶은데 카톡으로 이야기를 전하기엔 하고 싶은 말이 많았습니다. 더불어 지금도 도움이 될만한 내용인지 궁금했습니다. 유튜브에서 육아관련 정보를 찾아보며 아이디어가 떠올랐습니다. 유튜브 영상은 '좋아요'와 '댓글'을 통해 지금도 유효한지 알아볼 수 있는 지표가 있습니다. 그래서 유익한 육아관련 영상을 가이드맵으로 만들어, 친구의 시간을 절약하도록 도와주겠다고 마음먹었습니다. 이 책은 친구를 향한 저의 마음을 담은 결과물입니다.

제가 육아를 해보니 새롭게 알아야 할 내용이 많았습니다. 저는 책 [임신 출산 육아 대백과], [삐뽀삐뽀 119 소아과], [신의진의 아이심리백과]에서 도움을 많이 받았습니다. 재작년에 아이를 낳은 친구가 수유관련 내용을 물어본 적이 있습니다. 유튜브에서 수유정보를 찾아보며 '맘똑티비' 채널을 알려줬더니 이미 다 봤다고 해서 조금 놀랐습니다. 영상을 보고서 자연분만에 성공했다는 후일담을 들었습니다. '삐뽀삐뽀 119 소아과'도 책과 이름이 같은 유튜브 채널을 개설하여 실시간으로 영상을 올려주고 계십니다. 이렇게 유튜브에 임신/출산/육아에 유익한 영상이 여럿 있어 활용하면 도움이 됩니다.

하지만 유튜브는 책과 달리 목차가 아닌 알고리즘에 따라 보게되는 경우가 많습니다. 책의 경우 아이의 개월 수나 아픈 증상에 따라 찾아볼 수 있는 색인이 존재하는데요. 유튜브는 검색 기반으로 영상을 찾기 때문에 적합한 키워드를 모르는 경우 찾지 못할 수도 있습니다. 예를 들어 '떡뻥'을 아는 사람과 모르는 사람이 있습니다. 떡뻥은 말 그대로 떡을 뻥 튀긴 과자입니다. 아기들이 처음 과자를 먹을 때 주로 선택합니다. 유튜브 '삐뽀삐뽀 119 소아과' 채널에 [떡뻥! 먹일 때 주의할 점 상세하게 알려드립니다]라는 영상이 있습니다. 그래서 육아를 하며 알게 되는 새로운 단어에 대한 소개를 곁들였습니다.

기술의 발전에 따라 육아하는데 도움이 되는 서비스가 생겨납니다. 첫째 아이가 어렸을 때 수유실을 찾기 힘들었습니다. 그래서 저만의 공식을 세워서 네이버 포스트에 남겼더니 반응이 좋았습니다. 2018년, 잡지에 해당 내용이 소개되기도 했습니다. 예를 들면 대형마트, 백화점, 지하철 역사, 도서관, 관공서, 육아종합센터 등입니다. 이제는 '수유실 지도'라는 서비스가 있어서 편하게 알아볼 수 있습니다. 기술의 발전이 육아의 힘듦을 덜어내는 사례입니다. 이제는 유튜브라는 영상 공유 플랫폼을 통해 육아 정보를 손쉽게 확인할 수 있습니다.

유튜브에는 여러 가지 영상이 있으며 지금도 업로드되고 있습니다. 그래서 제가 정리한 유튜브 가이드맵을 참고하셔서 당신만의 효율적인 정보 활용법을 만드셨으면 좋겠습니다. 지금 이 시간에도 좋은 영상을 만들어

주시는 크리에이터님께 감사를 전합니다. 모두 당신 덕분입니다. 더불어 저도 크리에이터가 되어 육아분야에 가치 있는 영상을 더해 보겠습니다.

유튜브에서 임신/출산/육아 영상을 보다
- 유튜브 채널 추천

육아를 하면서 제일 힘들면서도 뿌듯했던 과정이 '모유수유'였습니다. 2016년 첫째를 임신했을 때 보건소에서 하는 '모유수유교실'에 갔었습니다. 국제모유수유전문가께서 제 가슴을 보고 직접수유가 힘들 수 있겠다고 미리 이야기해 주셨습니다. 그때 가슴을 평가받고 마음의 상처가 약간 생겼습니다. 더불어 성공하겠다는 도전의식 또한 생겼습니다. 2016년에 아이를 낳고 모유수유가 잘 되지 않았습니다. 조리원에 갔을 때 부원장님도 비슷한 이야기를 하셨습니다. 그러면서 수유자세를 '풋볼자세'로 하고 '쭈쭈베이비'라는 유두보호기를 사용해 보라고 조언해주셨습니다. 열심히 노력하고 집에 가는 길에 부원장님께서 "지혜씨는 완모할 거에요." 라며 격려해 주셨습니다. 집에서도 유두보호기를 사용하였고 몇 달 지나 직접 수유에 성공했습니다.

- 요즘 출산하고 모유수유에 어려움을 겪는다면, 유튜브 '맘똑TV' 채널을 권해주겠습니다. 맘똑TV는 분만실,산부인과 경력 간호사. 국제모유수유전문가(IBCLC)의 임신. 출산. 모유수유. 육아 채널입니다. 전달력이 좋아서 내용이 쏙쏙 들어옵니다.

저는 유두백반에 걸려서 아팠던 적이 있습니다. 이틀 연속 소고기를 먹게 되는 상황이 있었습니다. 하루는 먹고 싶어서 먹었습니다, 다음날은 생각해서 준비해 주셨길래 열심히 먹었습니다. 갑자기 한쪽 유두에 하얗게 반점이 생겼습니다. 그쪽으로 물면 너무 아파서 눈물이 핑 돌았습니다. 최대한 다른 쪽으로 주려고 했는데 더 먹고 싶어 할 때는 내어주게 되었습니다. 그래서 단유까지 고민했었습니다. 찾아보니 '유두백반'이었습니다. 유두백반 치료법을 알아보니 아파도 계속 젖을 물리라고 했습니다. 그래서 참고 물리면서 식단을 기름지지 않게 조심해서 먹었습니다. 힘든 시간이 지나니 어느 순간에 나았습니다.

맘똑TV영상에 [모유수유로 인한 상처 빨리 낫는 방법 & 수유할 때 팁!]이 있습니다. 이렇게 정리해서 보여주시니 시간 절약에 참 좋겠습니다.

첫째 때 모유수유에 성공하니, 둘째 때는 정말 쉬웠습니다. 유선이 발달해서 그랬다고 생각합니다. 저를 보고 힘을 내셔서 도전해 보셨으면 좋겠습니다.

– 중략 –

이제 콘텐츠 크리에이터가 되어보자

올해 첫째 아이가 초등학교 1학년이 되었다. 아이가 초등학교에 적응하니 여유가 생겼다. 유치원은 보호자가 있어야 등하원이 가능했다. 아이가 학교 등굣길에 적응하니 이제 혼자서 다녀온다. 유아 때 애니 '꼬마버스 타요'를 좋아하던 아이는 이제 레고 유튜버를 좋아한다. 그래서 레고 유튜브 보는 시간을 손꼽아 기다린다. 요즘 아이들은 디지털 네이티브 세대로 자라나고 있다. 그래서 '유튜브'를 어떻게 활용할지가 중요하다.

유튜브에는 알고리즘이 존재한다. 유튜브의 알고리즘에 대한 정보는 정확한 정보는 공개되어 있지 않지만 말이다. 내 유튜브 계정으로 로그인한 후 레고를 좋아하는 아이가 영상을 보고 나면 알고리즘의 존재를 알 수 있다. 추천 콘텐츠 목록에 알록달록한 레고 관련 영상이 많이 나오기 때문이다. 레고에 관한 영상을 TV에서 보기 힘들지만 유튜브에서는 크리에이터들이 계속해서 영상을 만들어내고 있다. 예를 들면 '레고 따단' 채널이 있다. AI를 활용하여 관심을 가질만한 내용이 콘텐츠 목록에 나온다.

YouTube에서는 직접 만든 콘텐츠를 업로드하여 전 세계 사람들과 함께 볼 수 있다. 예전에는 방송시설이 있어야 가능했다. 이제는 G메일 계정만 있으면 누구나 유튜브 채널을 무료로 개설할 수 있다. 게다가 유튜브는 일정기준의 구독자수와 시청시간을 충족한 크리에이터에게 광고수익의 일부를 지급하고 있다. 이러한 기회의 땅 유튜브의 크리에이터가 되겠다고 몇 년 전부터 꿈꿔왔다.

유튜브는 채널 개설에서부터 영상 업로드를 스스로 해야 한다. 어떤 영상을 만들어 올릴지 모든 순간이 선택의 연속이다. 1인 크리에이터는 내가 영상을 올리지 않으면 당연히 올라가지 않는다. 그만큼 의지가 필요한 작업이다. 그래서 시간적 여유를 활용해 책을 쓰는 모임에 들어가 '유튜브'에 관한 책을 쓰겠다는 목표를 선언했다. 강의를 듣고 네이버 카페에 과제를 올리며 진행 중이다. 이렇게 유튜브를 키우는 환경을 만들어 가고 있다.

영상 콘텐츠는 노력이 담긴 작품이다. 이번 주에 삼척 장호항에 다녀왔다. 맨눈으로 바닷속의 물고기가 보일 만큼 맑았다. 유튜브에서 '장호항'을 검색하니 4주 전에 올린 영상이 조회 수 1만회를 기록하였다. 유튜버들은 같은 곳에 다녀온 후 사람들이 찾아보는 영상을 만들었다는 게 다르다. 아이들과 물고기를 보고 바다멍을 하고 모래놀이를 하던 순간이 힐링 그 자체였다. 영상과 사진을 찍어왔으니 나만의 영상으로 올려봐야겠다. 기획과 편집을 배워가며 꾸준히 해봐야겠다.

엠제이 드마코가 지은 책 '부의 추월차선'에 돈이 열리는 나무라는 개념이 나온다. 그중에 콘텐츠 시스템이란 씨앗을 키워서 스스로의 힘으로 살아남는 사업 시스템을 만들라고 조언한 내용이 와닿았다. 유튜브는 영상을 만들어서 올려놓으면 24시간 세계 어디서나 볼 수 있다. 시간 활용이 자유롭다는 점이 매력적이다. 또한 인류의 평균수명이 늘어나고 있다. 그래서 정년퇴직이후에도 남겨진 시간이 상대적으로 많아졌다. 유튜버는 나이의 상한선이 없어 평생 크리에이터로 일할 수 있다. 늦었다고 생각하지 말고 지금 유튜버로 새로운 인생을 시작해보자.

나는 글쓰기로 설렌다 출간 기획서

홍 연 진

덕질이 우리를 빛나게 할 거야

갱년기 엄마의 슬기로운 덕질 생활

도서 제목 및 부제 (가칭)

[제목]

- 덕질이 우리를 빛나게 할 거야
- 덕질, 나를 빛나게 해주다

[부제]

- 갱년기 엄마의 슬기로운 덕질 생활
- 덕질을 통해 사춘기 아들을 이해하고 경력단절로 인한 자존감 회복

저자 소개

홍연진

25여 년 동안 디자이너로 바쁘게 살며, 결혼과 육아로 자의반 타의반으로 경력단절에 들어갔다. 아이들을 키우며 열심히 학부모 활동이며, 순간순간 그 순간에 할 수 있는 일은 닥치는 대로 최선을 다해 살았다.

코로나 시국이 되며 외부 활동이 멈추고 그동안 활동하며 쏟던 에너지가 덕질이라는 것으로 향했다. 덕질 덕분에 모두가 힘들었던 코로나시기를 비교적 순탄하게 지나오며 'one singer, one actor 덕질이 가장 이상적이다'를 주변에 외치며, 삶이 무료하다는 이들에게 덕질을 권유하고 있다.

기획 의도

- 시중에 나와 있는 덕질에 관련된 책은 대부분이 중년이후 자식들을 다 키운 후 마음이 헛헛해졌을 때 덕질을 함으로써 삶의 활력을 찾았다는 글들과 덕업일치로 덕질로 직업으로까지 연결된 이야기가 대부분이다.

- 이 책은 덕질을 통해 일상에서 소소한 즐거움을 찾고 사춘기 아들을 이해하는 폭이 넓어지는 경험의 글로 갱년기 엄마와 사춘기 아들의 관계 개선에 초점을 맞춰 사춘기 자녀를 키우는 부모들이 많은 부분 공감할 수 있다.

- 오랜 기간 하던 좋아하는 일을 결혼과 육아로 못하게 되며, 자존감과 자신감이 바닥을 칠 때 덕질이라는 것을 통해 내가 좋아하는 것이 무엇인지 찾고, 덕업일치=업덕일치를 경험하며 자존감과 자신감을 되찾는 이야기를 담고 있다.

- 덕질의 대상에 빠질 수밖에 없었던 이유에 대해 구체적으로 분석함으로써 어떤 가치에 중점을 두는지 파악함으로 나를 다시 찾을 수 있다.

주요 독자

- 사춘기 자녀와의 갈등으로 힘든 부모
- 경력단절로 자존감과 자신감이 하락한 여성

기획의 특징 및 차별성

본 책과 비교할만한 책들

도서 제목	저자	출판사/출간년도	내용(컨셉)
요즘 덕후의 덕질로 철학하기	천둥	초록비책공방 2020	국카스텐 덕질을 통해 나를 찾아가는 과정
커피를 좋아하면 생기는 일	서필훈	문학동네 2020년	커피를 좋아해서 업덕일치를 하며 겪는 행복과 불행의 글

- **[덕질+자녀양육] 덕질을 통해 사춘기 자녀를 이해하는 과정을 담은 책**

✔ 엄마의 덕질이 사춘기 자녀를 이해하는데 얼마나 도움이 되는지, 어떤 과정을 통해 자녀와의 관계를 회복시켜 나아가고 있는지 담겨있음.

- **[덕질+자존감] 업덕일치=덕업일치를 함으로써 경력단절 여성의 자존감을 회복하는 과정과 그 속에서 인간의 모습을 깨닫는 내용**

✔ 덕업일치의 과정을 담은 책은 많으나 반대로 업덕일치의 과정을 통해 경력단절에서 자존감과 자신감을 상실했던 여성이 자신을 찾아가는 과정을 담음.

✔ 경력단절 여성들에게 취미와 재미의 영역이었던 덕질이 어떻게 일로 연결이 되며 자존감 회복이 가능했는지 알게 함.

✔ 재미로 시작한 덕질의 세계에서 사람들의 민낯을 보고 뜨거웠던 덕질을 식혀가며 제자리를 찾아가는 과정을 담음.

- **[덕질분석] 나는 어떠한 것에 가치를 두는가 알 수 있는 책**

✔ 덕질을 하게 된 이유를 분석해 봄으로 나는 어떠한 가치에 중점을 두고 있는가 알 수 있음.

✔ 덕질 경험으로 여러 가지 느끼게 된 단상의 모음

Contents

제3장 덕질_단상

마케팅 관련 사항

- 인스타그램 @lits_design_calli (팔로워 2,085), @lib_bami (팔로워 138)
- 투비컨티뉴드 https://tobe.aladin.co.kr/t/725927293

서문 및 샘플 원고 : 다음 페이지에 첨부

Introduction

덕질, 나의 갱년기와 너의 사춘기를 빛나게 할 거야

젊은 시절 결혼이라는 거에 관심도 없었고 특히나 자녀양육이라는 부분은 나와 상관없는 이야기였다. 그랬던 한 인간이 느즈막이 결혼이라는 것을 하며 세상 까칠하고 예민한 하나의 생명체를 낳으며 이것이 맞는 방법인지 제대로 양육하고 있는 것인지 늘 좌충우돌하며 아이들을 키웠다.

자녀 양육이라는 것이 내가 뜻하는 대로 하려고 하면 할수록 내 뜻과는 다른 방향으로 가는 거 같고 혼돈과 혼란 속에서 살며 종교의 힘을 빌려야 하나 싶어 오래전 다니던 교회도 가보고, 가까운 절도 가보고 다양한 방법을 취해보고자 노력했다.

그러나 종교도 내 맘이 의지가 되고 편안해야 하는데 쉽게 맘이 열리지 않았다. 그렇게 혼자 치열한 내적갈등의 시간을 보내다 나에게 종교와도 같은 것을 찾았으니 그것은 다름 아닌 '덕질'이다. 하나에 몰입하고 몰두하는 시간이 맘의 평화를 가져다주는 경험을 했다.

나에게는 종교와도 같은 이 '덕질'을 나는 또다시 하고 있다.

큰아이의 사춘기와 나의 갱년기가 충돌하며 고요하고 가장 평안해야 하는 집이 전쟁터 같은 분위기가 연출되고 다시 종교에 눈을 돌리려 할 즈음 새로운 '덕질'의 대상을 발견하며 집안에 평화가 찾아왔다.

'덕질'의 대상이 아들보다 10~15살 위의 형들이다 보니 그들을 보며 아들을 이해하는 폭이 넓어지며 잔소리가 줄었다. 잔소리를 줄이며 공부보다는 하고 싶은 거, 좋아하는 걸 찾는데 시간을 보내라고 지지해주고 있다. 이것이 올바르게 가고 있는 방향인지 지금도 알 수 없지만 일단 '덕질'전의 시간보다 관계는 좋아지고 있으니 반은 성공 아닌가 싶다.

치열한 내적갈등의 시간을 보내다 보니 자존감과 자신감은 바닥을 치고 우울감에 찌들어 있을 때, 멀찍이 떨어져 관망하는 덕질이 아닌 적극적인 덕질을 통해 내가 좋아하고 잘하는 게 뭔지를 찾아감으로써 자존감을 조금씩 회복 하는 경험을 했다. 적극적인 덕질을 통해 그 속에서 다양한 경험을 함으로써 사람에 대해 보다 넓고 깊은 생각을 하게 되었다.

경력단절로 자존감을 상실한 이들이 이 책을 통해 나의 온 정신을 몰입할 수 있는 취미가 자존감 회복에 도움이 된다는 것을 느끼고, 아들의 사춘기와 나의 갱년기를 슬기롭게 넘기는 방법을 찾아가면 좋겠다.

덕질, 나의 갱년기와 너의 사춘기를 빛나게 할 거야!

샘플 원고1

아들의 프레젠테이션

나는 지금 덕질 중이다.

덕질의 사전적 의미는 다음과 같다. 자신이 좋아하는 부분에 파고드는 행위, 관련된 것을 찾아보거나 모으는 등의 행위도 포함된다.

아티스트나 스포츠 스타를 좋아하는 행위만이라고 생각했는데 덕질의 범위가 넓다.

자신이 좋아하는 부분이라니……. 생각해보니 나의 덕질은 오래전부터 여러 부분에서 있었다.

1. 중1때 담임선생님을 좋아했던 일
2. 미술(디자인)을 하고 싶다는 강력한 희망
3. 발라드황제 신승훈을 알게 되며 좋아하게 된 일
4. 코로나가 창궐하던 시기에 한 아티스트를 좋아하던 일
5. 철인왕후 드라마를 보며 알게 된 배우를 좋아하던 일
6. 팬텀싱어4 우승팀 리베란테를 좋아하는 일

번호를 매겨 쭉 적어보니 나의 덕질 경력이 꽤나 오래되었고 다양했다.

위 6가지 외에도 중간 중간 여러 일들도 있었지만 기간과 애정도가 약했기에 굳이 항목에 넣지는 않았다.

나는 요즘 덕질을 하며 사춘기 아들을 이해하려 노력하고 있다.

경험해보니 덕질이라는 것이 호불호가 강한 성격들이 주로 하는 행위 아닐까 하는 생각이 들었다.

우리 아들도 나만큼이나 호불호가 강하다.

'얜 누구 닮아서 이런 거야?' 생각해보니 나였다.

누굴 탓하랴? 유전자가 그러한걸…….

하고 싶은 것이 너무나 명확하고 확실했지만 내 꿈은 일찌감치 좌절되었었다.

핑계일지 모르지만 인터넷도 없던 35년 전은 한 가지 방법밖에 없다고 생각했다.

지금이라면 다양한 방법을 찾아 봤을 텐데…….

35년! 쓰고 보니 엄청 오래전이다.

지금같이 빠른 속도로 변하고 있는 세상에서 강산이 12번도 더 바뀌었을 세월이 아닌가?

12번도 더 바뀌었을 세월동안 나는 조금 돌아서 결국 내가 하고 싶은 일을 하며 살고 있기는 하다. 지금도 가끔 생각한다. 잘 닦여진 곧은 고속도로 길로 쭉 왔으면 더 좋지 않았을까? 삶의 방향이 지금과는 다르지 않았을까?

가끔 엄마도 오래전 이야기를 하며 뒷바라지 못해준 것이 미안하다고 하신다.

그 말에 "그때 해줬음 나 지레 질려서 안한다고 했을 수도 있어!"하고 웃어넘기지만 아주 가끔은 원망스러울 때도 있다. 나이 오십이 되어서도 이런 생각을 한다는 것이 웃기지만 채워지지 않은 것, 결핍으로 인한 이 맘은 평생 안고 가야 하는 것 같다.

이러한 나의 경험으로 아이들이 강력하게 뭔가를 희망하면 열심히 뒷바라지는 못해줘도 그 길을 막지는 말아야겠다는 생각을 하고 산다.

기타에 푹 빠져 있는 아들은 3월초엔 과고를 간다더니 지금은 예고를 가고 싶단다. 시시때때로 생각은 변하는 거지만 이런저런 말을 그냥 흘려들을 수만은 없어, 예고 관련 정보도 찾아보고, 실용음악 학원도 알아보고, 나름 정보를 하나씩 모아보고 있다.

몇 주 전엔 학교 밴드부에서 스카우트 제의를 받았다며 부서진 통기타를 빨리 사야 한다고, 사달라고 노래를 불렀다.

A 모델은 바디가 예쁘고 소리가 찰랑거린다, B 모델은 소리가 묵직하다 등등 여러 모델을 이야기 하며 몇날 며칠 정신을 뺏다.

일요일 오후 또 기타 이야기를 하기에 PPT를 만들어 비교 분석을 해 오라고 했다. 그런데, 이 녀석 1~2시간이 지났을까 다 작성했다며 PT를 하겠단다. 작성한 PPT를 TV와 연결을 하고 PT를 시작했다.

'어머…….너 뭐니?'

장난스런 PT가 아니고 너무나 진지하게 인사까지 하며

"안녕하십니까, 지금부터 크래프트 갓인어스, 헥스 CA500CE, 고퍼우드 i365RCE 기타 비교를 시작하겠습니다."

기타의 바디 설명을 시작으로 각 모델별 가격, 사양, 특장 점을 설명하고 비교 분석해서 각 모델별 최종 점수까지 매겼다.

– 크래프트 갓인어스 7

– 헥스 CA500CE 4

– 고퍼우드 i365RCE 3

"세 개의 모델을 비교 분석해서 점수를 매긴 결과 크래프트 갓인어스가 7점이 나와 세 개의 모델 중 가장 적합하다는 결론을 얻었습니다."

막연하게 그냥 이게 젤 좋아요가 아닌 분석을 통해 결론까지 너무나 잘 발표 하는 것이 아닌가! 정말 기가막하게, 진심으로, 잘, PT를 하니 안 사줄 수가 없다.

그리고 그 모습을 보며 드는 생각이 '네가 좋아하고 관심있는건 이렇게 잘 하는구나!'

뭐든 대충대충 성의 없이 하는 모습에 속이 터지고, 뚜껑이 열린 적이 한두 번이 아닌데 좋아하는 것, 본인이 필요로 하는 것에 대해서는 정말 열심히, 성의껏 PT 하는걸 보고 잠시 공부에 대한 잔소리는 좀 넣어두기로 했다.

PT하는 모습에서 아주 작은 가능성을 보아서 당분간은 지켜보기로…….

그런데 지켜보는 것이 쉬운 일이 아니다.

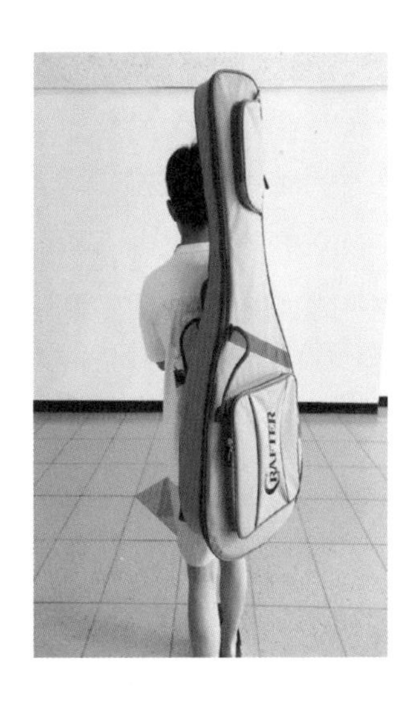

인터넷 주문을 해서 이틀 만에 받아본 기타는 기타에 대해 잘 모르는 내가 봐도 디자인과 소리가 이뻤다. 새로 산 기타에 흠뻑 빠져 학원갈 시간이 되었는데도 안가고 버티다 버티다 늦게 가고, 학원을 다녀와서는 친구들을 불러 모아 기타를 자랑하며 연주하느라 학원숙제도 못하고 있는걸 보니 속이 터진다. 기타 받은 첫날이니 이해하기로…….

언제까지 잔소리를 안 하고 지켜볼 수 있을까?

온라인 커뮤니티의 민낯

오래된 많은 경험이 있는 것은 아니지만 사람이 많이 모인 곳. 특히나 여성 구성원이 많이 모인 곳은 오프라인이나 온라인이나 다 피곤하다. 한때는 온라인이 편하다는 생각을 많이 했는데 서로 얼굴과 이름을 모른 채 익명성에 가려져 가면 쓴 생활을 하다 보니 다들 너무 대담하다고 해야 하나……. 배려와 예의가 없다.

얼굴을 드러내놓고 감히 할 수 없는 말들을 온라인이라는 공간에 글로 너무나 쉽게 쏟아내는것을 보고 사람이 사람에게 이렇게까지 할 수 있는가? 라는 생각을 했다. 악플러들과 다를 바 없다는 생각이 들었다.

무리에서 주도권을 쥐고 있는 특정 몇몇의 의견에 반하거나 다른 의견을 제시하면 가차 없이 공격하고 저격하는 모습에서 이들이 온전한 생각을 가지고 생활하는 성인들이 맞는가? 도대체 어떤 삶을 살았기에 손가락만

이렇게 용감(?)한걸까? 상대를 저격하는 그 글이 정의라고 생각하는 것인가?

사람 개개인이 가지고 있는 생각과 가치관이 다르다는 것은 초딩들도 하는 생각인데 어찌 한방향이라는 명분하에 생각이 하나로만 모아지기를 바라는지 도통 이해할 수가 없다.

그들이 말하는 그 한방향이라는 것이 개인의 인격을 무시하고 저격을 해 상처를 입힐 만큼 가치 있는 일일까? 아니다. 나라를 구하는 독립운동을 하는 것도 아니고, 내 인생을 걸만큼 중차대한 일도 아니다.

'나만 그렇게 생각하나? 그들에게는 그만큼 가치 있고 소중한 일인데 내가 폄하하고 있는 것인가? 바라보는 시선 자체가 달라서 그런 것일까?'

이렇게 저렇게 그들의 독선적이고 독재적인 공산당 같은 모습을 이해해보려 했으나 이해가 가지 않았다. 도대체 어떻게 미치면 취미의 일부인 덕질에 그렇게까지 매몰되어 상대의 인격을 무시하고 철저하게 짓밟으려 하는 것인지 그들은 그것을 정의라고 착각하고 있는 것 같다.

그들이 생각하는 정의가 무엇 이길래 이토록 한사람을 온라인이라는 공간에서 매장시키려고 하는지 시간이 흐를수록 그들의 깊은 속내를 알고 싶어졌다. 그들 내면 깊숙이 숨겨져 그들도 인정하고 싶지 않은 그들의 속마음 말이다.

참 웃긴 것이 내면에선 그렇게 하고 싶은데 가면을 쓰고 아닌 척을 한다.

그러면서 내가 못하니 너도 하지 말라고 규정이라는 것을 만든다.

아티스트를 보호한다는 명목과 많은 사람들이 모인 곳의 질서를 유지한다는 명목으로 말도 안 되는, 본인들도 지키지 못할 규칙들을 만들어 사람들에게 공지한다.

공지를 하며 다른 사람은 못하게 해놓고 본인들은 거리낌 없이 하는 이중성을 보이는 것을 정의라고 말할 수 있을까?

적어도 당당하려면 그러한 이중적인 모습을 보이지는 말아야 할 것이다.

지난 몇 주 동안 꿈에서도 경험해보지 못한 아주 웃기고 어이없는 경험을 했다.

나에게 해당되는 내용이라면 버틸 수 있을까 싶을 정도의 일을 그녀는 잘 버티고 있을까? 걱정스럽지만 현재 말끔하게 정리되지 않은 일로 그녀에게 쉽게 연락조차 못하는 것이 내심 미안하다.

지금의 내용과는 좀 차이가 있지만, 몇 년 전 우주대스타 덕질 당시 유사한 사례를 겪어 본바 대중들은 본질을 제대로 이해하지 못한다. 제대로 알고 싶어 하지도 않고 몇몇이 분위기를 그렇게 만들어 여론몰이를 하면 그 분위기에 금방 휩싸여 한사람을 저격하고 인격을 철저하게 짓밟는다.

그런 모습을 보며 온라인이라는 공간에서는 본인 스스로 상황을 파악하는 능력이 상실되는 것인가? 문해력이 떨어지는 인간들이 말이 아닌, 글로만 소통을 하려니 이러한 상황이 발생하는 것인가? 많은 생각을 하게 되었다.

"머릿속에 X만 가득 차서 누구하나 저격하는 것이 정의라고 착각하는 이들이여, 당신들이 숨기고 있는 그 민낯을 들여다 봐봐! 당신들이 생각하는 건 정의가 아니고 질투야! 인정하기 싫겠지만 질투와 자기과시 하고픈 맘이야. 당신들은 인정하고 싶지 않겠지만 조금씩 조금씩 시간이 지나니 그게 더 또렷해지네.

그 정도로 한 사람을 짓밟고 싶거든 나는 떳떳하고 한 치의 부끄러움이 없는가?

내가 이렇게까지 하는 이유가 뭘까? 자신의 맘을 솔직하게 들여다보고 인정하기를…….

특히나 자식 키우며 자식보기 부끄러운 짓은 하지 말기를…….

당신들이 철저히 매장시키려고 하는 이가 당신 자식이라고 생각하면 절대 그렇게 못할 거야. 부디 솔직하고 너그러워지길…….”

“

인간은 남을 돕고, 나서서 눈에 띄기보다는 본능적으로 무리의 일부가 되고 싶어 한다. 생존을 위해 부족의 일부가 되어야 했던 조상들에서 비롯된 본능이다. 이 본능은 오늘날에도 이어져 소속되고 싶은 욕구가 옳은 일을 하고 싶은 욕구를 앞선다. 대부분 옳은 일에 목소리를 높여 따돌림을 당하는 위험을 감수하기보다는 무리에서 튀지 않기 위해 잘못된 행동을 보고도 입을 다문다.

”

– 출처 : 다시 인생을 아이처럼 살 수 있다면 (존 오리어리)_p333

옳지 못한 부조리가 가득한 무리의 일부로 살아가느니, 옳은 일에 내 목소리를 낼 수 있는 혼자가 맘이 편할 듯 한데, 다수는 그렇게 생각을 안한다니…….

알고 있다. 세상살이에서 내 목소리를 낸다는 것이 얼마나 힘들고, 고독하고, 쉽지 않다는 것을……. 그래도 남에게 피해를 주는 일이 아니라면 다른 사람의 눈치를 보느라 내 의견을 피력하지 못하고 다수의 의견에 휩쓸리는 일은 피하자고 다짐해 본다.

나는 글쓰기로 설렌다 출간 기획서

황 달 도

예수의 리더십

성경 속의 리더십을 배워보자

도서 제목 및 부제 (가칭)

- 예수님의 리더십 (부재 : 성경 속의 리더십을 배워보자)
- 예수님의 리더십 (부재 : 예수님의 리더십을 내 삶에 적용해보자)
- 성경으로 배우는 예수님의 리더십
  (부재 : 이 시대가 배워야 할 예수님의 이끄심)
- 예수님은 우리를 어떻게 이끄시나요?
  (부재 : 예수님의 리더십을 알아가는 시간)

저자 소개

황달도

인생의 많은 실패와 상처와 아픔을 겪으면서 살아가는 이 시대의 수 많은 사람들 중에 한 명이고 아이를 키우고 있는 평범한 엄마이다. 성신여대 국어국문학과를 졸업하였고 2018년에 인격적인 하나님을 만나게 되어 지금까지 신앙생활을 하고 있다.

기획 의도

사회를 살아오며 여러 공동체를 접하며 이 시대의 참된 리더십이란 무엇인가? 라는 의문에서 시작된 여러 가지 질문들이 시작되었다. 리더십은 무엇을 위한 것인가? 기업의 이윤이나 단체의 이득을 창출하도록 이끄는 것이 리더십인가? 리더십은 어떤 상황에 필요하며 어떤 사람들이 리더를 필요로 할까? 과연 리더는 타고나는 것인가? 공동체나 조직에서 독재자와 같은 리더가 내부적인 문제를 떠나서 겉보기에 성과만 좋으면 과연 그 공동체를 잘 이끌었다고 말할 수 있는가?

이러한 의문이 들던 중에 내 눈에 보이는 어떤 리더들에겐 중요한 것이 빠져있었다. 리더가 가지고 갈 기본적인 마음가짐과 가치관의 결여였다.

그렇다면 그 마음과 생각은 어떻게 가지고 가야하는 걸까? 제대로 된 리더의 개념은 무엇이고 진정한 리더의 역할이 무엇인지 말이다.

예전에 어딘가에서 들었던 '리더와 보스의 차이'에 대한 이야기가 생각난다. 보스는 대장이고 앞에서 지시하는 사람인 반면에 리더는 다른 사람과 일을 하며 함께 이끄는 사람이다. 이러한 그림도 보았다. 앞선 사람들이 힘들게 끌고 있는 가마를 편하게 위에 타고 신경질적으로 소리를 지르는 보스와 여러 사람과 같이 짐을 끌고 있는 리더의 모습이다. 특히 함께 무거운 수레를 이끌고 있는 그는 '리더'라는 말로 따로 표시하지 않으면 같은 일을 하고 있는 다른 사람과 똑같아 보였다. 그것의 차이는 무엇인가? 나는 그 둘 중에 함께 일하고 있는 리더에게 주목하고 있었다.

성경 안에서 크리스천 리더에 관한 희망을 보았고 그것이 이 세상의 삶에도 충분히 적용이 가능하여 실제로 그 리더십을 사회에 사용해보면 그 어떤 유익보다도 가치있는 리더십을 발휘하며 모두가 평화로운 관계를 가질 수 있다는 사실을 발견하였다. 성경 안에서도 여러 가지 사례를 찾아보니 예수님이 가장 참된 리더라는 모습을 보였고 그 외에 선지자와 등장인물 등에게서 아름다운 리더십의 모습을 보았다. 실제로 성경은 역사서이므로 현재의 시각으로 볼 때는 그저 옛날 이야기가 담긴 책으로만 생각될 수도 있지만 실제로 이루어진 내용이 므로 그 오래된 시절이나 지금이나 여전히 존재하는 공통점이 많이 발견된다. 이러한 점을 미루어 성경에서는 현재에도 충분히 사용할 수 있는 실용서로써의 기능을 발견한다.

주요 독자

- 리더십에 관해 관찰하고 싶은 사람
- 크리스천 리더십에 대하여 알아보고 싶은 사람
- 예수님을 알고자 하는 사람

기획의 특징 및 차별성

• [종교적 특수성] 크리스천을 대상으로 하여 성경적 리더십을 배우는 계기

✔ 이 책은 성경 중심으로 하여 크리스천을 대상으로 기획되었다.

✔ 물론 크리스천이 아닌 사람이 이 책을 읽어도 되지만 먼저 성경적 세계관을 이해하고 있는 사람이 이 책의 내용과 가치를 더욱 파악하기 편할 것이다.

• [성경 응용성] 성경 중심으로 한 리더십을 펼침으로 세상에 선한 영향력을 준다

✔ 세상에서 실제로 성격적 세계관이 바탕인 예수님 중심의 리더십을 배워서 펼칠 수 있게 된다면 더 조화롭고 평화적인 조직과 세상이 될 것이다.

✔ 이 책에서 성경 안에서의 크리스천 세계관으로 리더십을 말하고 있지만 교과서적인 성경에만 그치지 않고 크리스천 리더가 세상의 리더가 되어 실제 세상에서 만나고 부딪히는 현실을 성경과 적용하길 바란다. 이에, 연합하여 선을 이루는 하나님 뜻에 따라 세상을 바르게 이끌어가는 뜻을 알고 좋은 영향력의 가치를 알게 되고 그것이 세상에도 닿기를 기대한다.

Contents

- 귀신 들린 아이를 고치다
  신념을 가지고 있는 리더 (마가복음 9:14–29, 마태복음 17:14–20, 누가복음 9:37–43)
- 새 포도주는 새 부대에
  상황에 맞춘 행동을 하는 지혜 (마가복음 2:18–22, 마태복음 9:14–17, 누가복음 5:33–39)
- 첫째가 되고자 하면 뭇사람의 끝에 되어야 한다
  겸손과 낮은 자를 존중하는 마음 (마가복음 9:33–37, 마태복음 18:1–5, 누가복음 9:46–48)

3장 누가복음
- 베드로, 주여 나를 떠나소서
  허다한 잘못에도 용서하고 품어주는 리더 (마가복음 5:1–11)
- 예수에게 향유를 부은 여인
  이윤보다 중요한 가치를 위해 쓸 줄 아는 지혜 (누가복음 7:36–50, 마가복음 14:3–9 마태복음 26:6–13, 요한복음 12:1–8)
- 착한 사마리아인
  약한 사람에 대한 선의 (누가복음 10:30–37)
- 수종병 병자를 고침
  사람과 타인에 대한 바른 기준 (누가복음 14:1–6)
- 예수가 삭개오의 집에 가다
  내면의 가능성을 사는 마음 (누가복음 19:2–10)

4장 요한복음
- 예수, 다 이루었도다. 하시고 영혼이 떠나가시니라

자기희생의 역사를 쓰는 리더 (요한복음 19:28-30, 마태복음 27:45-56, 마가복음 15:33-41, 누가복음 23:44-49)

• 우물가의 여인

가난하고 낮은 사람을 진정으로 위하는 자세 (요한복음 4:1-42)

• 음행 중에 잡혀 온 여자가 용서받다

깨지기 어려운 편견에 맞서는 리더 (요한복음 8:1-11)

• 의심이 많은 도마

구성원을 기다려주는 리더 (요한복음 21:24-29절)

• 예수님 제자들과 베드로를 용서하다

잘못을 저지른 사람에게 기회를 주다 (요한복음 21:15-17)

5장 성경 속 인물을 통하여 보는 리더십

• 노아 – 보이지 않는 것을 보는 눈
• 모세 – 하나님의 순리대로 이루어지는 자연스러운 순서와 서열, 집합과 규칙
• 요셉 – 가장 중요한 목표를 향할 때 저절로 사라지는 어려운 문제들
• 다윗 – 많은 시험과 고난을 이겨내고 바로 서는 경험의 리더

참고 문헌

• 성경 본문 : 성서원 성경전서 개역개정

Introduction

예수님의 리더십

왜 예수님의 리더십에 관한 책을 쓰려고 하는가?

너와 나. 이렇게 둘만 있어도 사회이다. 세상의 모든 분야는 점점 더 세분화되 전문적으로 바뀌고 사람들은 작은 이야기에 귀를 기울이면서 소소한 것에 행복을 찾는다. 다수의 이득보다는 개인 각자의 삶이 더 중요하고 아무도 다수의 의견만이 옳다고 말하지 않는다. 이런 시대를 보며 필자는 이런 생각을 해보게 되었다.

인간은 분명히 사회적 동물이고 소수의 집단은 더 늘어가고 우리가 속한 사회에서 누군가가 주도적으로 일을 처리해야 하는 상황은 더 늘어간다. 평범하게 생활비를 벌기 위해 일터에 나가는 사람이 직장에 나가서, 가정에서, 자기가 속한 어떠한 사회집단에서도 혼자 아닌 둘 이상이 모였다면 그 중에 리더가 필요하다는 사실을 알게 된다.

사람들은 보통 리더라고 하면 뭔가 여러 명을 빽적지근하게 자기 뜻대로 이끄는 것이라고 생각한다. 그러나 실생활에서는 그렇지가 않다. 리더의 모습이 크게 드러나는 형식일 수도 있고 여러 가지 형태를 가질 수가 있지만, 위에서 말한 바와 같이 실제로 소규모 사회에서의 리더의 역할은 더 실질적 문제로 연결이 된다. 소규모 사회의 리더가 각 구성원에게 직접 영향을 주고 또 받으며 상호작용이 일어나기 때문이다.

흔히 작은 사회의 리더의 예를 들자면, 각 가정의 가장이나 선생님 혹은 부모 자식 관계에서 누군가는 이끄는 사람이 된다. 하다못해 친구 몇몇이 만나거나 두 명 이상의 사람이 모임이나 어떤 상황에서 먼저 의견을 제시하고 앞장서게 되면 아무도 그 사람이 리더라고 정하지 않았는데 어느새 그 사람이 리더가 되어 있기도 한다. 직장에서 선임이 일을 그만두어 자연스럽게 윗사람이 없어지거나 혹은 경험이 없거나 적은 사람이 아랫사람으로 새로 들어오는 경우에, 본의 아니게 일부러 책임을 맡기로 한 게 아닌데도 가장 오래 일한 선임이 되어 리더가 되거나 혹은 여러 가지 이유로 일을 이끌어야 하는 입장이 되어 원하지 않더라도 리더의 일을 수행해야 하는 경우도 많다. 이처럼 현대 사회에서 리더가 된다는 것은 사회의 어떤 상황이나 어떤 구성원 간에도 발생할 수 있다는 것이므로 어느 누구도 리더가 될 수 있다는 말이다.

우리는 무엇을 리더십의 기준으로 삼을 것인가?

우리는 여러가지 인문학책을 보며 인간 군상을 만나고 배운다. 성경은 동서고금을 막론하여 가장 유명한 역사책이고 가장 훌륭한 인문학책이다. 이러한 점을 의지하여 성경을 보았을 때 그 안에서 배울 수 있는 예수님의 리더십이 눈에 들어온다. 예수님께서 제자들과 사람들을 직접 가르치실 때 그가 보인 리더십은 어떤 것이며 그것이 현재를 살고 있는 우리의 무엇과 닮아있고 비교하여 배울 수 있는지 풀어나가 보려 한다.

이 책은 조금은 새로운 시각에서 리더십에 관하여 풀어나가 볼 예정이다. 세상의 리더십에 관한 책의 유행을 살펴보면, 기업 안에서 가시적인 이윤을 남기게 하여 살아남는 보스형, 개인 사례 중심의 자서전 또는 직관적으로 리더의 책임과 개념을 말하는 책 등이 주로 많다. 그리고 크리스천 서적 중에도 리더십에 관해 훌륭하게 기술한 책들도 이미 많이 나와 있다. 이 책은 성경 안에서 예수님이 보이신 리더십에 관한 직접적인 내용으로 이루어져 있다. 예수님이 십자가에 못박히시기 전 활동하신 3년 간의 기록과 부활하신 후의 기록 속에서 직접적인 행동으로 보인 사례를 통하여 그와 그의 주변 인물들이 보인 리더십을 중심으로 이야기를 꾸며 보았다.

신약성경에서 마태복음, 마가복음, 누가복음, 요한복음의 사복음서 중심의 기록으로 쓰여져 있다. 반복되는 사건에서는 성경 안에서의 설명이 구체적이거나 특징적인 복음서를 중심으로 이야기를 전개하고 반복 기록된 다른 복음서 또한 참고로 표시하였다.

예수에게 향유를 부은 여인

<이윤보다 중요한 가치를 위해 쓸 줄 아는 지혜>

본문 (누가복음7:36-50, 마가복음 14:3-9 마태복음 26:6-13, 요한복음 12:1-8)

누가복음 7장 36절 - 50절

한 바리새인이 예수께 자기와 함께 잡수시기를 청하니 이에 바리새인의 집에 들어가 앉으셨을 때에 그 동네에 죄를 지은 한 여자가 있어 예수께서 바리새인의 집에 앉아 계심을 알고 향유 담은 옥합을 가지고 와서 예수의 뒤로 그 발 곁에 서서 울며 눈물로 그 발을 적시고 자기 머리 털로 닦고 그 발에 입맞추고 향유를 부으니 예수를 청한 바리새인이 그것을 보고 마음에 이르되 이 사람이 만일 선지자라면 자기를 만지는 이 여자가 누구이며 어떠한 자 곧 죄인인 줄을 알았으리라 하거늘 예수께서 대답하여 이르시되 시몬아 내가 네게 이를 말이 있다 하시니 그가 이르되 선생님 말씀하소서 이르시되 빚주는 사람에게 빚진 자가 둘이 있어 하나는 오백 데나리온을 졌고 하나는 오십 데나리온을 졌는데 갚을 것이 없으므로 둘 다 탕감하여 주었으니 둘 중에 누가 그를 더 사랑하겠느냐 시몬이 대답하여 이르되 내 생각에는 많이 탕감함을 받은 자니이다 이르시되 네 판단이 옳다 하시고 그 여자를 돌아보시며 시몬에게 이르시되 이 여자를 보느냐 내가 네 집에 들어올 때에 너는 내게 발 씻을 물도 주지 아니

하였으되 이 여자는 눈물로 내 발을 적시고 그 머리털로 닦았으며 너는 내게 입맞추지 아니 하였으되 그는 내가 들어올 때로부터 내 발에 입맞추기를 그치지 아니하였으며 너는 내 머리에 감람유도 붓지 아니 하였으되 그는 향유를 내 발에 부었느니라 이러므로 내가 네게 말하노니 그의 많은 죄가 사하여졌도다 이는 그의 사랑함이 많음이라 사함을 받은 일이 적은 자는 적게 사랑하느니라 이에 여자에게 이르시되 네 죄 사함을 받았으니라 하시니 함께 앉아 있는 자들이 속으로 말하되 이가 누구이기에 죄도 사하는가 하더라 예수께서 이르시되 네 믿음이 너를 구원하였으니 평안히 가라 하시니라

마태복음 26장 6절 – 13절
예수께서 베다니 나병환자 시몬의 집에 계실 때에 한 여자가 매우 귀한 향유 한 옥합을 가지고 나아와서 식사하시는 예수의 머리에 부르니 제자들이 보고 분개하여 이르되 무슨 의도로 이것을 허비하느냐 이것을 비싼 값에 팔아 가난한 자들에게 줄 수 있었겠도다 하거늘 예수께서 아시고 그들에게 이르시되 너희가 어찌하여 이 여자를 괴롭게 하느냐 그게 내게 좋은 일을 하였느니라 가난한 자들은 항상 너희와 함께 있거니와 나는 항상 함께 있지 아니하리라 이 여자가 내 몸에 이 향유를 부은 것은 내 장례를 위하여 함이니라 내가 진실로 너희에게 이르노니 온 천하에 어디서든지 이 복음이 전파되는 곳에서는 이 여자가 행한 일도 말하여 그를 기억하리라 하시니라

요한복음 12장 1절 – 8절
유월절 엿새 전에 예수께서 베다니에 이르시니 이 곳은 예수께서 죽은 자 가운데서 살리신 나사로가 있는 곳이라 거기서 예수를 위하여 잔치

할새 마르다는 일을 하고 나사로는 예수와 함께 앉은 자 중에 있더라 마리아는 지극히 비싼 향유 곧 순전한 나드 한 근을 가져다가 예수의 발에 붓고 자기 머리털로 그의 발을 닦으니 향유 냄새가 집에 가득하더라 제자 중에 하나로서 예수를 잡아 줄 가룟 유다가 말하되 이 향유를 어찌하여 삼백 데나리온에 팔아 가난한 자들에게 주지 아니하느냐 하니 이렇게 말함은 가난한 자들을 생각함이 아니요 그는 도둑이라 돈궤를 맡고 거기에 넣는 것을 훔쳐 감이러라 예수께서 이르시되 그를 가만 두어 나의 장례할 날을 위하여 그것을 간직하게 하라 가난한 자들은 항상 너희와 함께 있거니와 나를 항상 있지 아니하리라 하시니라

예수에게 값비싼 향유를 모두 붓고 그 발에 입맞춘 여인 마리아의 이야기는 믿음이 없던 나의 학창시절에도 복음성가 '내게 있는 향유 옥합'의 가사로 이미 그 내용을 알고 있을 만큼 유명한 일화이다. 그러나 그 당시에는 그 가사의 의미를 모르고 있었다. 시간이 지나 그 속 내용도 잘 모르면서 음정이 좋아 따라 불렀던 복음성가의 가사가 얼마나 귀한 내용인지 새삼 깨달아진다.

순전한 나드 한 근을 모두 그에게 아낌없이 부은 그녀는 가치에 있어 중요함을 알고 있던 여인이다. 그래서 그 일로 하여금 그 여인이 행한 선한 일이 대대손손 예수님의 말씀으로 전해지고 있는 것이다. 그 여인은 죄인이고 위대한 하나님의 독생자에게 자신의 모든 것을 아낌없이 드리며 경배한 중요한 사람이다. 이것은 성경 역사상 매우 중요한 일이었고 하나님은 얼마나 그가 행한 일이 귀한 일인지 복음 전해지는 곳에 같이 기억되리라고 하였다. 그리고 또한 앞서가는 일을 행한 자로 얼마나 중요한 가치의 리더십의 행동이었는지를 들여다보려 한다.

가난한 자에게 향유를 팔아 돕지 아니한다고 비난한 가룟 유다의 말에

따르면 마리아가 부은 향유의 가격은 당시 화폐 가치로 삼백 데나리온이라고 기록한다. 삼백 데나리온은 현재의 가치로 얼마나 되는 돈일까? 대략 계산을 해보면 그 당시의 노동자가 300일을 쉬지 않고 꼬박 벌어야 모아지는 돈이라고 한다. 현재 최저시급을 약 10,000원 정도라 하고 8시간을 일하면 하루에 8만원이며 300일이면 2,400만원 정도의 돈이다. 쉽게 말해 일반 노동자가 아무것도 쓰지 않고 모은 1년치 월급이라고 보면 될 것이다. 이렇게 힘들게 모은 돈을 예수의 머리에 한 번에 부은 것이다. 마리아는 그 어떤 유익이 있어서 그 일을 한 것 일까?

이익을 위하여 모인 공동체에서 보면 이는 말도 안되는 바보짓이다. 거의 새 차 한 대 값을 존경하는 인물을 만나 그에게 단순히 축복을 하기 위하여 한 번에 다 사용한다니 좀 이해가 안되는 행동이다. 또한 예수의 입장에서도 좋은 기름을 자신에게 부어 주었다고 해서 많은 재물이 생긴 것도 아니고 무언가 더 좋은 무슨 일이 생긴 것도 아니다 단지, 그 집안에 향기가 가득했을 뿐이다. 그것이 도대체 무슨 가치가 있을까? 그 낭비적 행위에 무슨 의미가 있을까? 2023년 9월 성연국 목사님의 설교 말씀 중에 "우리는 사랑을 할 때 거룩한 낭비"를 한다고 한다. 좋은 리더는 때로는 이윤보다 관계를 소중하게 생각하고 사랑하는 사람을 위하여 많은 수고와 재물을 쓰는 것을 가치 있게 여겨야 한다는 것을 알아야 한다.

요한복음의 본문을 보면 당시 마리아는 예수님의 발치 아래에서 이야기를 듣고 있었다. 언니 마르다는 일을 하고 있었지만 마리아는 힘들게 일하는 언니 마르다의 수고는 외면하고 예수의 이야기를 듣고자 하였던 것이다. 내용을 보면 나쁜 동생인 것 같지만 마리아는 마르다보다 더 중요한 가치를 알고 있던 여인이었다. 아무도 그들에게 말씀을 듣는 대신 음식을 준비하라고 하지 않았다. 그러면 말씀 듣는 것이 중요하고 음식을 준비하는 수고는 아무도 안해도 된다는 말일까? 그것은 아니다. 음식을 준비

하든지 말씀만을 듣고 있든지 그것이 중요한 것이 아니라 내 안에 중요한 것이 무엇인지 알고 있어야 한다는 말씀인 것이다. 음식을 준비하고 있더라고 내 안에 말씀이 가득하다면 그에게 수고로움조차 일 년치 노동력과 바꾼 향유를 예수에게 부은 것과 같이 음식하는 수고로움으로 섬기는 기쁨이 있을 것이다.

그날 마리아는 언니 마르다와 같이 일하지 않고 예수님의 이야기를 들었다. 그리고 일 년 동안 모은 비싼 향유를 예수의 머리에 부었다. 마리아는 일 년 동안 쉬지 않고 일한 노력과 바꾼 향유를 예수의 머리에 부은 것이다. 즉 그 향유를 부음은 그녀의 자신의 일 년치 노동을 예수에게 다 드린 것이다. 마리아는 자기 마을에 우연히 식사하러 온 예수에게 놀러 가서 편하게 그 발치 아래에서 있던 마리아가 아니었다. 갑자기 그 향유를 즉흥적으로 기분에 따라 예수에게 부은 것도 아니었다. 그 날을 위하여 일 년 동안 수고하고 그 돈을 아끼고 모아서 예수를 위하여 향유를 샀으며 그를 만날 날을 기다렸을 것이다. 그 한 날 한 순간을 위하여 그녀는 일 년을 준비하고 기다렸고 드디어 그날이 왔을 때 매일 노동하여 피곤한 그녀가 쉬는 날이었던 것이다.

마르다는 분명히 예수님을 위하여 음식으로 만들고 수고하였다. 그러나 그녀는 그 날만을 그를 위하여 일하였다. 그 수고도 큰 가치가 있다. 그러나 동생은 놀고 있고 나만 힘들게 일하고 있으니 동생도 주방에 들어와서 일하게 하라고 하는 불평을 표현함으로 그 수고로움 마저 헛된 일이 되어버린다. 그는 동생과 자신을 비교하며 억울한 생각을 하여 은혜와 감사로 자기가 맡은 일을 행한 것이 아니라 놀고 있는 동생을 질투한 것이다.

어쩌면 마리아는 예수를 만나기 위하여 철두철미하게 준비하지 않았을까? 사람은 어떤 일이 언제, 어떻게 이루어지는 것인지 미래를 다 모르겠지만 어떤 일을 해야겠다는 목적으로 가지면 그것을 향하여 준비하는 것이 있어야 한다. 그리고 그 때가 되면 준비한 모든 것을 향한 목적을 위하여 분명히 사용할 줄 아는 지혜 또한 있어야 한다.

마리아는 열 처녀 중 혼인 잔치에 기름을 준비한 다섯 처녀의 비유처럼 소중한 자원을 잘 준비하고 때가 되어 아낌없이 써야 할 가치가 있는 중요한 곳에 정확하게 쓸 줄 아는 지혜의 리더였다. 자신이 오랜 시간 노력한 모든 가치를 더 가치 있는 곳을 향하여 아낌없이 쓸 수 있는 지혜가 그녀가 가진 가치의 리더십이다.

네 땅의 비유

<좋은 것을 알아보는 힘>

(마태복음13:1–9, 마가복음4:1–9, 누가복음 8:4–15)

마태복음 13장 1절 - 9절

그 날 예수께서 집에서 나가사 바닷가에 앉으시매 큰 무리가 그에게로 모여 들거늘 예수께서 배에 올라가 앉으시고 온 무리는 해변에 서 있더니 예수께서 비유로 여러 가지를 그들에게 말씀하여 이르시되 씨를 뿌리는 자가 뿌리러 나가서 뿌릴새 더러는 길가에 떨어지매 새들이 와서 먹어버렸고 더러는 흙이 약한 돌밭에 떨어지매 흙이 깊지 아니하므로 곧 싹이 나오나 해가 돋은 후에 타서 뿌리가 없으므로 말랐고 더러는 가시떨기 위에 떨어지매 가시가 자라서 기운을 막았고 더러는 좋은 땅에 떨어지매 어떤 것은 백 배, 어떤 것은 육십 배, 어떤 것은 삼십 배의 결실을 하였느니라 귀 있는 자는 들으라 하시니라

누가복음 8장 4절 - 15절

각 동네 사람들이 예수께로 나아와 큰 무리를 이루니 예수께서 비유로 말씀하시되 씨를 뿌리는 자가 그 씨를 뿌리러 나가서 뿌릴새 더러는 길가에 떨어지매 밟히며 공중의 새들이 먹어버렸고 더러는 바위 위에 떨어지매 싹이 났다가 습기가 없으므로 말랐고 더러는 가시

떨기 속에 떨어지매 가시가 함께 자라서 기운을 막았고 더러는 좋은 땅에 떨어지매 나서 백 배의 결실을 하였으니라 이 말씀을 하시고 외치시되 들을 귀 있는 자는 들을지어다
제자들이 이 비유의 뜻을 물으니 이르시되 하나님 나라의 비밀을 아는 것이 너희에게는 허락되었으나 다른 사람에게는 비유로 하나니 이는 그들이 보아도 보지 못하고 들어도 깨닫지 못하게 하려 함이라 이 비유는 이러하니라 씨는 하나님의 말씀이요 길가에 있다는 것은 말씀을 들은 자니 이에 마귀가 가서 그들이 믿어 구원을 얻지 못하게 하려고 말씀을 마음에서 빼앗는 것이요 바위 위에 있다는 것은 말씀을 들을 때 기쁨으로 받으나 뿌리가 없어 잠깐 믿다가 시련을 당할 때에 배반하는 자요 가시떨기에 떨어졌다는 것은 말씀을 들은 자이나 지내는 중 이생의 염려와 재물과 향락에 기운이 막혀 온전히 결실하지 못하는 자요 좋은 땅에 있다는 것은 말씀을 들은 자이니 지내는 중 이생의 염려와 재물 향락에 기운이 막혀 온전히 결실하지 못하는 자요 좋은 땅에 있다는 것은 착하고 좋은 마음으로 말씀을 듣고 지키어 인내로 결실하는 자니라

예수님의 네 가지 땅에 대한 비유를 보며 좋은 것을 이미 알아보고 있는 예수님의 시각에 대해 주목해본다. 예수님은 그 네 가지 땅이 각기 처음부터 어떤 땅인지 너무나 잘 알고 계신다. 그러므로 비유를 통하여 성도가 어떤 땅이 될 것인지를 각성하길 바라는 것이다.

예수님이 위의 밭을 통한 네 가지 비유를 할 시절에는 농사를 짓는 기술이 많이 발달하지 않았던 때라 농사를 짓는 방법은 경작되지 않은 채로 여러 가지 땅들이 뒤섞어 있는 땅에다가 단순히 많은 씨앗을 막 뿌리고 우연히 좋은 땅에 심겨진 씨앗이 내는 결실을 보는 것이었다고 한다. 그래서

예수님이 이러한 비유를 하게 된 배경이 되었을 것이다.

오늘날 농사에는 잘 경작된 땅에서 물과 비료와 여러 가지 환경을 잘 조절하여 최대한의 생산 효과를 보도록 잘 설계하였으니 그 시절의 농사법은 얼마나 비효율적인 농사법인가. 그러나 우리가 하나님의 일을 전할 때 아직도 저 방법과 같은 농사법으로 농사를 짓고 있으니 그의 길은 하나님이 왕임에 불구하고 하나님이 만드신 사람에게는 그와 같은 왕도가 없다고 생각된다. 어쩌면 이 또한 별 다른 방도가 없음으로 그 길을 걷게 하여 우리에게 성화의 단계에 이르도록 만들어 놓으신 하나의 방법인 듯하다.

네 가지 땅을 말씀하셨는데 그 곳은 길가, 바위 위, 가시떨기, 좋은 땅이다.

먼저 길가에 있는 사람은 아예 예수를 들을 마음도 없거니와 자신이 하나님을 알지도 못하고 알기를 거부하는 사람을 이른다. 마귀가 말씀 받기를 방해하기도 하고 스스로 하나님을 싫어한다고 생각하기도 한다. 이들에게는 말씀을 들을 준비가 되어 있지 않기 때문에 씨를 뿌려도 결실을 맺을 리가 없으니 말씀이 아무 소용이 없다. 두 번째, 바위 위에 뿌려진 말씀은 듣는 이로 기쁘게 받으나 뿌리가 없어서 그 말씀을 계속하여 마음속에 가지고 갈 수가 없다는 것인데 연약한 믿음을 이야기하는 것이다. 가시떨기 밭은 말씀은 받으나 세상 것을 사랑하고 현혹하는 각종 유혹을 견디지 못하는 사람이기에 말씀보다 귀한 것이 많다고 여기고 그것에 마음을 빼앗긴 사람들이다. 마지막으로 좋은 땅은 하나님의 말씀을 받아 귀하게 여겨 그것으로 큰 결실을 얻는 사람을 말한다.

하나님을 믿으라는 전도를 하려 할 때 어느 사람에게 예수를 믿으라고 권유를 해야 하는지 처음에는 잘 알지 못한다. 그러다가 전도할 대상으로 정하지 않은 어느 사람을 우연히 전도하게 되는 일이 생기고 대상을 정하여 전도를 하려고 마음을 먹고 다가설 때 무슨 말부터 꺼내야 할지 모르겠다거나 아무리 하나님이 좋다고 권면하려 해도 말도 안 듣고 거부만 하는 사람이 있다. 이런 사람들을 알아보고 모두 적당히 선별해서 전도를 하는 일은 거의 불가능하다. 누가 믿음을 가지게 될지는 우리는 아무도 모르기 때문이다. 애석하게도 이럴 땐 효율적이지는 않지만 전통 방식으로 모든 곳에 씨를 뿌리는 농사법이 맞다. 또한 그 모든 사람들이 하나님을 믿게 하는 것이 하나님의 목적이므로 우리가 정하는 게 아니라 하나님 기준으로 모든 사람에게 똑같이 전하는 방법이 맞는 것이다.

그러면 왜 우리는 좋은 것을 알아보아야 하는 걸까? 예수님의 말씀을 잘 살펴보면 처음부터 복음이 들어가는 곳을 네 가지 땅으로 분류를 하고 있다는 것을 알 수 있다. 하나님을 처음부터 '좋은 땅'을 알고 계신다. 어차피 비효율적인 안 좋은 땅과 좋은 땅 모든 곳에 씨를 뿌릴 텐데 좋은 땅을 알고 있다는 것이 무슨 의미인가? 라고 생각할 수도 있다. 우리는 어쩌면 세 가지 안 좋은 땅에서도 기적과도 같이 좋은 생산물이 나올 수 있고 이미 좋은 땅에서 나오는 생산물을 가지고 앞날을 예비할 수도 있을 것이다.

어떤 성도가 성도 이 말씀을 듣고 자신이 바위 위 혹은 가시떨기 같은 땅이라 생각이 든다면 그 밭을 고쳐 맬 수도 있을 것이다. 좋은 것을 알아보는 힘이 있기 때문에 안 좋은 땅임도 알아채고 좋은 땅으로 고치기 위한 노력을 할 것이다.

그 말은 애초부터 좋은 것인가 안 좋은 것인가를 알아보는 것은 그 기준과 안목이 있어야 구분을 짓고 좋은 것도 알아볼 수 있다는 뜻이다. 안목은 어떤 것을 제대로 꿰뚫어 보는 힘이다. 눈에 보이는 것만이 다가 아니고 눈에 보이지 않는 것까지 관통하여 볼 줄 아는 눈이 있어야 가능한 것이다. 평범한 사람으로는 보지 못하는 시각을 어느 날 하루 아침에 가지기는 힘들 것이다. 이러한 점은 리더가 가져야 할 기질로 어떤 이는 원래 타고 나는 사람도 있다. 그러나 사람이라면 누구나 관심을 가지고 어느 정도 노력을 하면 가질 수 있는 직관이고 거시적인 감각이다.

직관은 어느 누구나가 가지고 있는 감각이다. 직관의 뜻을 사전에서 찾아보면 '판단이나 추리 따위의 사유 작용을 거치지 아니하고 대상을 직접적으로 파악는 것'이라고 나와 있다. 어떤 한마디로 '직관은 무엇이다'라고 특정지어 설명하기는 힘들지만 누구나 알듯이 직관은 분명히 존재한다. 마치 그냥 아는 것처럼 관통하듯 고개를 끄덕이며 이해하는 것이 직관이다. 그래서 나는 이 직관을 '거시적인 감각'이라고 설명한다. 즉, 네 가지 밭의 비유에서 네 가지 밭의 의미를 아는 것보다 더 중요한 것은 네 가지 밭이 처음부터 어떤 밭인지를 먼저 보아 알아차리는 것이다. 그렇게 관통하는 거시적 관점으로 사물을 파악하면 그곳에서 농사를 지었을 때의 결과물을 미리 예측해보는 것은 물론이거니와 그 밭이 가진 특성으로 인하여 개선될 여지가 무엇인지 파악하고 각 밭마다 어떻게 활용할 것인가 하는 것을 먼저 알아볼 수 있다. 이러하니 사람도 마찬가지이다. 우리가 공동체 안에서 각 구성원을 보았을 때 저 사람은 어떤 것을 잘하고 또 어떤 것에 취약하니 그 사람이 어떠한 방향을 가지고 역할을 맡을 때 그 쓰임과 목적에 맞게 이르는 것을 도와주는 리더가 될 수 있다.

2023년 '내 인생의 첫 책쓰기' 심화 과정 커리큘럼

연번	주제
1	구상1_주제, 책을 관통하는 키워드
2	구상2_글감, 어디서 찾을까?
3	기획1_끌리는 컨셉은 무엇이 다른가?
4	기획2_누구에게 무엇을 전할 것인가?
5	집필1_전체 원고, 일단 마침표를 찍자
6	집필2_글쓰기 노하우
7	집필3_쓰기보다 중요한 고쳐 쓰기
8	출판_어디서 출간할 것인가?

나는 글쓰기로 설렌다. **7**

발행일 2023년 10월 21일
공저 조인애 · 지윤서 · 한지혜 · 홍연진 · 황달도
발행처 인천광역시교육청
주소 인천광역시 남동구 정각로 9(구월동)
전화 032.423.3303
제작·디자인 베리즈 코퍼레이션

ISBN 979-11-974423-3-9 (03800)